KB263165

이 책은 〈우리가 글을 몰랐지 인생을 몰랐나〉의 작가인
순천 할머니들의 두 번째 책입니다.
남들보다 조금 늦게 글과 그림을 배운 스무 명의 이야기를 담은
첫 책이 2019년 세상에 나오고 많은 분의 응원 속에
공부와 활동을 이어갔습니다.
그러나 곧 팬데믹이 찾아와 세상이 잠시 멈추었습니다.
그 사이 건강이 쇠약해져 수업에 함께하지 못하는 분도 생겼습니다.
쉽지 않은 상황에서 열네 분이 함께 그림을 그리고
마음에 품었던 이야기를 편지로 썼습니다.
그러나 부득이하게 몇몇 글과 그림은 구술,
혹은 예전 작품을 활용하여 수록했음을 밝힙니다.

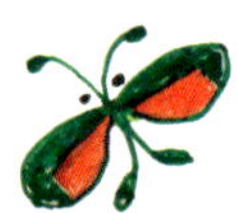
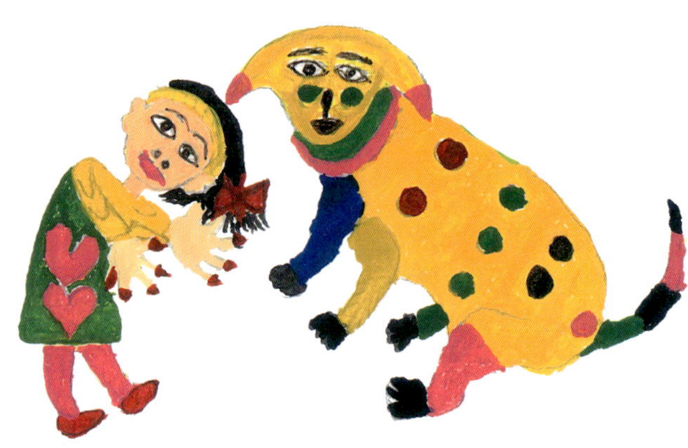

글을 몰라 이제야 전하는 편지

가슴으로 꾹꾹 눌러쓴 순천 할머니들의 그림 편지

권정자 김명남 김영분 김유례 김정자 나양임 손경애 송영순 안안심 양순례 임순남 장선자 정오덕 황지심

남해의봄날

소중한 인연,
우리 작가님들께

항상 내 마음속에 피어 있는 순천 소녀시대 어르신들!
꽃 피는 봄이 오니 더욱 생각납니다.

우리가 처음 한글교실에서 만났을 때가 엊그제 같은데
어느덧 많은 세월이 흘러 버렸네요.
굳은 표정으로 웃음기 하나 없이 앉아 계시던 모습을 보고
저도 그때 내색은 안했지만 진땀이 났답니다.
하지만 곧 배우지 못한 서러움을 하소연하며
서로를 이해하고 공감했고 아픈 마음을 치유해 갔지요.

배움 또한 여러분들에겐 또 다른 고통이었죠.
맘처럼 잘 되지 않아서 푸념도 하고 스트레스를 받을 때
나이 탓이니 괜찮다고 해도 오히려
제가 힘들까 걱정하고 미안해 하셨죠.

우리에겐 참 재미난 일도 많았지요.
동화책 속에 못된 시어머니가 나오면 현실인양 화내시고
불쌍한 이야기가 나오면 짠하다고 눈물을 흘렸습니다.
편치 않은 몸으로 시니어 레크리에이션을 배운다고 애쓰던 모습,
휴대폰 문자하는 방법 가르쳐 준다니까
돈 빠져나간다고 겁내며 만지지도 못하게 했던 일 등
함께 많이도 웃었습니다.

처음 노래방에 갔을 때를 기억하시나요.
마치 한풀이라도 하듯 목이 터져라 노래를 부르고
음정 박자가 맞지 않아도 자막을 읽을 수 있다고 그렇게 좋아하셨죠.
마치 가슴속 응어리를 풀어내며 울부짖는 것 같아
어찌나 짠하던지 눈물이 핑 돌았습니다.

소풍날은 이른 아침 제게 전화를 하셨죠.
저는 일어나 세수도 하기 전인데
여러분들은 좋아서 일찍부터 약속 장소에 가 계시니
무슨 일이 생길까 봐 놀래서 허겁지겁 달려갔었지요.
물가에 내놓은 아이처럼 맘을 놓을 수가 없었지만
넓은 잔디밭에 둘러앉아 노래도 부르고 춤도 추고
오순도순 도시락을 나눠 먹으며 수다도 떨었습니다.
그때가 정말 좋았구나 싶고 그립습니다.

스승의날이면 나에게도 선생님이 생겼다며
'스승의 은혜' 노래도 불러 주시고 꽃바구니도 선물해 주시고
감사의 마음을 담은 편지를 읽어 주시며 함께 울컥했지요.
여러분들의 따뜻한 마음, 분에 넘치는 사랑에 정말 감사하고 행복했습니다.

처음 그림 공부를 해 보자 했을 때도 많이 걱정하셨죠.
동그라미도 제대로 못 그리는 우리가 무슨 그림이냐고 하셔서
못하니까 한번 배워 보자고 설득을 하고 나서야
마지못해 시작한 그림 공부였습니다.
그런데 상상도 못할 변화가 생겼지요.

김중석 작가님은 진심을 다해 그림을 지도해 주셨고
여러분들은 생각보다 그림 그리는 것을 좋아하셨네요.
한글 숙제를 내드리면 바빠서 못 했다고 하시면서
그림은 밤늦게까지 그리고 또 그렸다는 말에 배신감도 들었습니다.

서울에서 전시를 한다고 했을 때도
하찮은 우리 그림을 누가 보러 오냐고 창피해서 어떡하냐고 하셨죠.
그런데 걱정과 달리 많은 분들이 오셔서 잘했다고 칭찬도 해 주시고
사인을 해 달라 하니까 놀라서 사인이 뭐냐고 우왕좌왕 했던 일,
기억하고 계시나요.

책을 출판했을 때는 진짜 작가님처럼 느껴졌답니다.
방송, 신문, 잡지에 실리며 많은 분들이 알아봐 주시고
우리 지역 스타가 되니 자랑스러웠습니다.
공부하는 것이 부끄럽다며 누가 알까 봐 쉬쉬하더니
방송에 나오고 작가라는 말을 들으며 의욕이 넘치시고
당당하게 변한 모습이 정말 보기 좋았습니다.

책 판매한 인세를 받았을 때도
좋은 일에 쓰자고 모두들 말씀하셔서 감동받았네요.
장학금, 불우이웃돕기 성금도 내고 기부도 하고
조금이나마 의미 있는 일을 한 것 같아 정말 기쁘다고 하셨죠.
평생을 까막눈으로 살아온 불쌍한 인생이었는데
글을 배우고 그림을 그리다 보니 작가라는 말을 들어 본다며
고마움의 눈물을 훔치시던 그날이 아직도 어제 일 같습니다.

그렇게 우리에게 좋은 일만 있을 줄 알았습니다.

뜻하지 않게 코로나 때문에 수업이 중단되면서 활동을 못하시니
팔순, 구순을 바라보는 어르신들 건강은 점점 나빠져서
병원 신세도 지고 가족 도움 없인 바깥출입이 어려운 분도 있습니다.
그래도 한 점 한 점 그린 그림들, 마음으로 쓴 편지를 모아
이렇게 또 한 권의 책이 나온다니 감격스럽습니다.

순천 소녀시대 작가님들!
지금은 비록 함께 공부할 수 없어 많이 아쉽고 그립지만
마음은 언제나 여러분들 곁에 있답니다.
힘내시고 지금처럼 가끔 연락도 하며 우리들의 소중한 인연 이어갑시다.

항상 건강하시고 행복하세요.
사랑합니다.

김순자 드림.

목 차

황 지 심

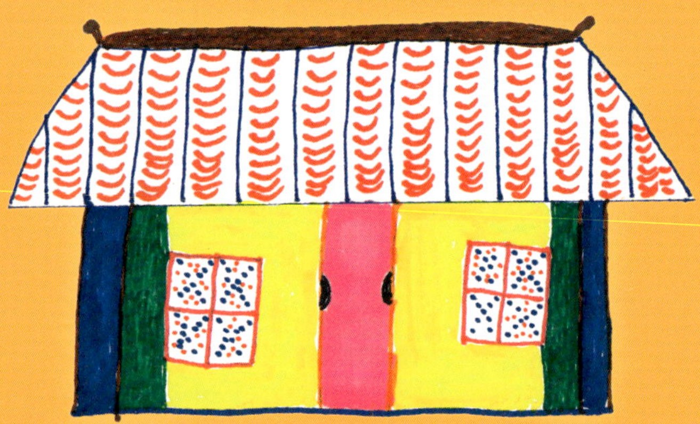

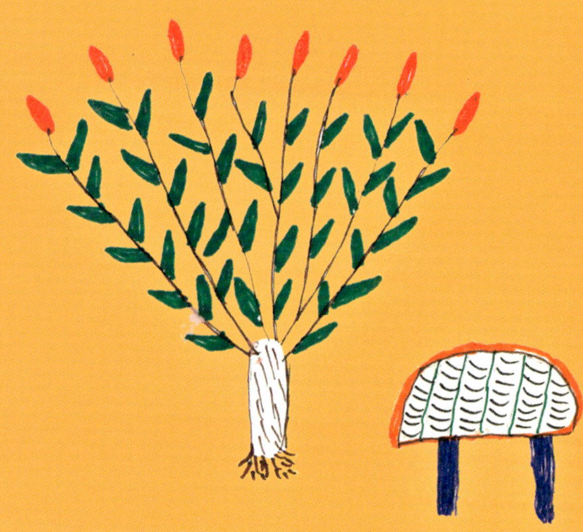

오 빠 에 게

오빠가 군대에서 나한테 써 준 편지 받고
저녁에 혼자 몰래 울었어.
답장을 못 하는데 어쩔까,
답장을 못 보내서 어쩔까, 하고.

그걸 알고 아버지가 답장을 써 주셔서
한 자 한 자 옮겨 써서 보냈지.
그런데 어째, 한 달 뒤에 편지가 또 왔네.
가슴이 콱 막히고 눈물만 났어.
그때는 내가 글을 모르는 줄도 모르고 편지했지?

이제 글을 배워서 오빠한테 이렇게 편지할 수 있어.
오빠, 동생들 보느라고 수고했다고 편지에 써 줬는데
내 말을 잘 들어서 막 힘들지는 않았어.
우리 동생들이 그렇게 싸우지도 않고 그랬어.

이제야 진짜 하고픈 말을 쓰네.
나한테 편지 써 주고 힘드냐고 물어봐 줘서
참으로 고마워.

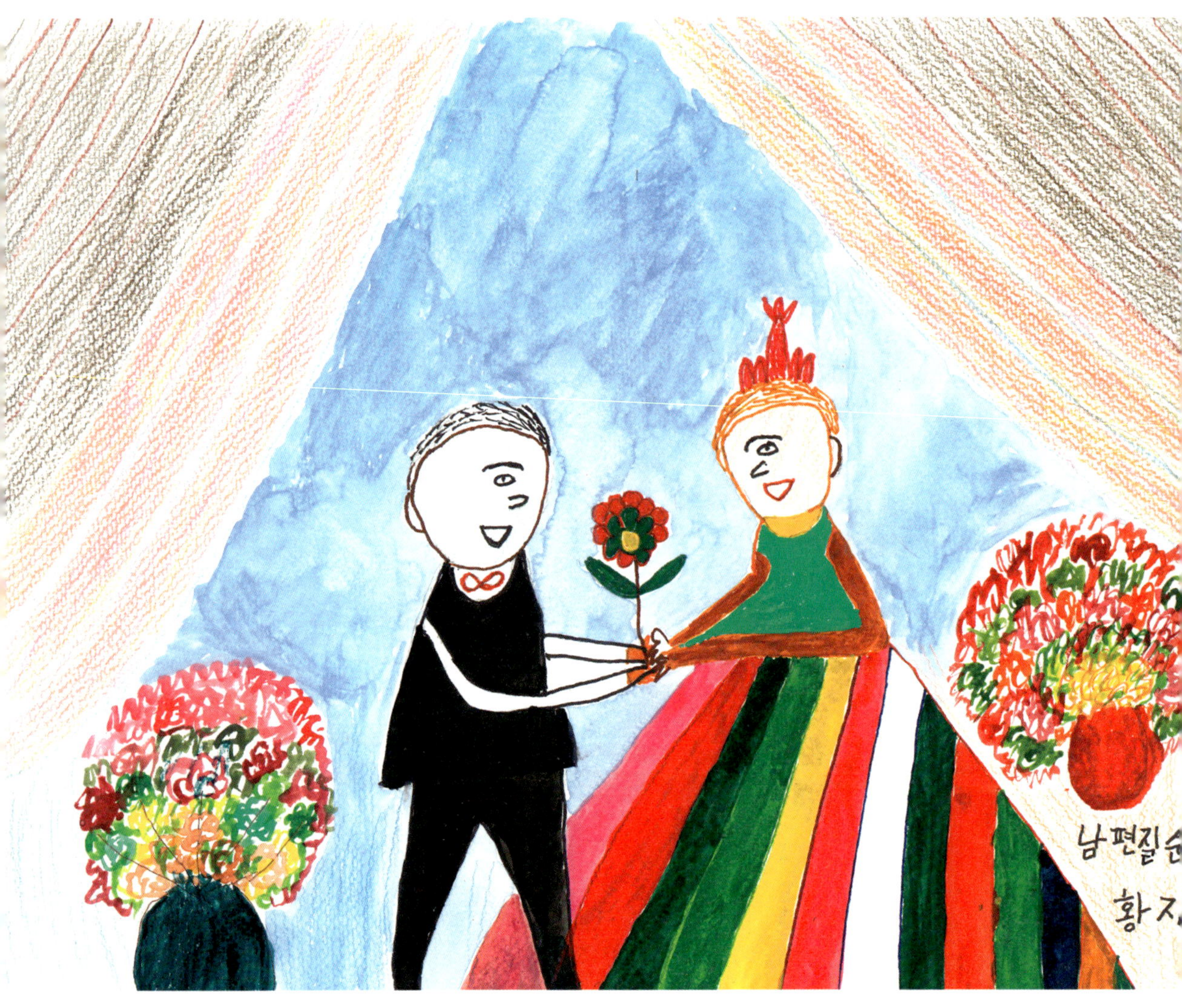
남편질순
황지

남편에게

젊어서는 당신 때문에 애도 터지고 속이 문드러졌지만
나이 들어서는 구십 프로가 아니라 백 프로
잘해 줘서 고마워요.

4년 전에 일 관둔 뒤로는
당신이 매일 청소기 돌리고 설거지, 빨래 다 하고
장도 봐 주니 힘든 게 하나 없어요.
공부도 어디서 하는지 알아봐서 보내 주고
노래교실, 노인대학도 가라고 하고
라인댄스, 요가도 배우러 다니고
요즘에는 하루하루 즐거워요.
젊어서 못해 준 공 갚는다고
술도 끊고 담배도 끊고 대단해요.

전주고 남원이고 같이 여행 가자고 하고
귀찮을 정도로 맛난 거 먹으러 다니자 해서
안 가 본 데가 없네요.
한옥마을에서는 손도 잡고 다니고
신혼여행 기분이었어요.

참고 살기를 잘한 것 같아요.
앞으로도 건강해서 둘이 함께 행복하게
끝까지 지금처럼 살다가 갔으면 좋겠어요.
여보, 사랑해요. 그리고 감사해요.

남편이 철없이 행동해도
어머님이 저를 다독거리고 위로해 주고
제 편들며 남편 욕해 주고 해서 항상 감사했어요.
밖에 나가서 남들 보면
시어머니랑 며느리랑 어떻게 저리 싸울까 싶었어요.

첫딸 낳고도 제가 밥 다 먹을 때까지
어머님이 애 안고 나가서 봐주셨지요.
반찬도 안 남은 상에 나중에야 앉아 밥 자시고 하셨지요.
어머님 오래 사셨으면 독상 한 번 차려 드리고 싶은데
그걸 못 해 드려 한이 맺혀요.

애들 두고 남편 바람나서 서울에 가 있는데
저 그 옆에 지내라고 다락방 얻어 주시고,
그런 시부모님이 또 어디 있어요.
속을 많이 끓여서 어머님은 육십서이에 돌아가시고
아버님도 몇 해 뒤에 돌아가셔서
마음에 늘 걸렸어요.

살아 계셨으면 어머님 손도 잡아 드리고 이야기도 하고
맛있는 것도 사 드리고 용돈도 드릴 텐데,
해 드린 게 없어 계속 아쉬워요.

어머님 아버님, 고마워요.
시부모님 덕분에 살았어요.

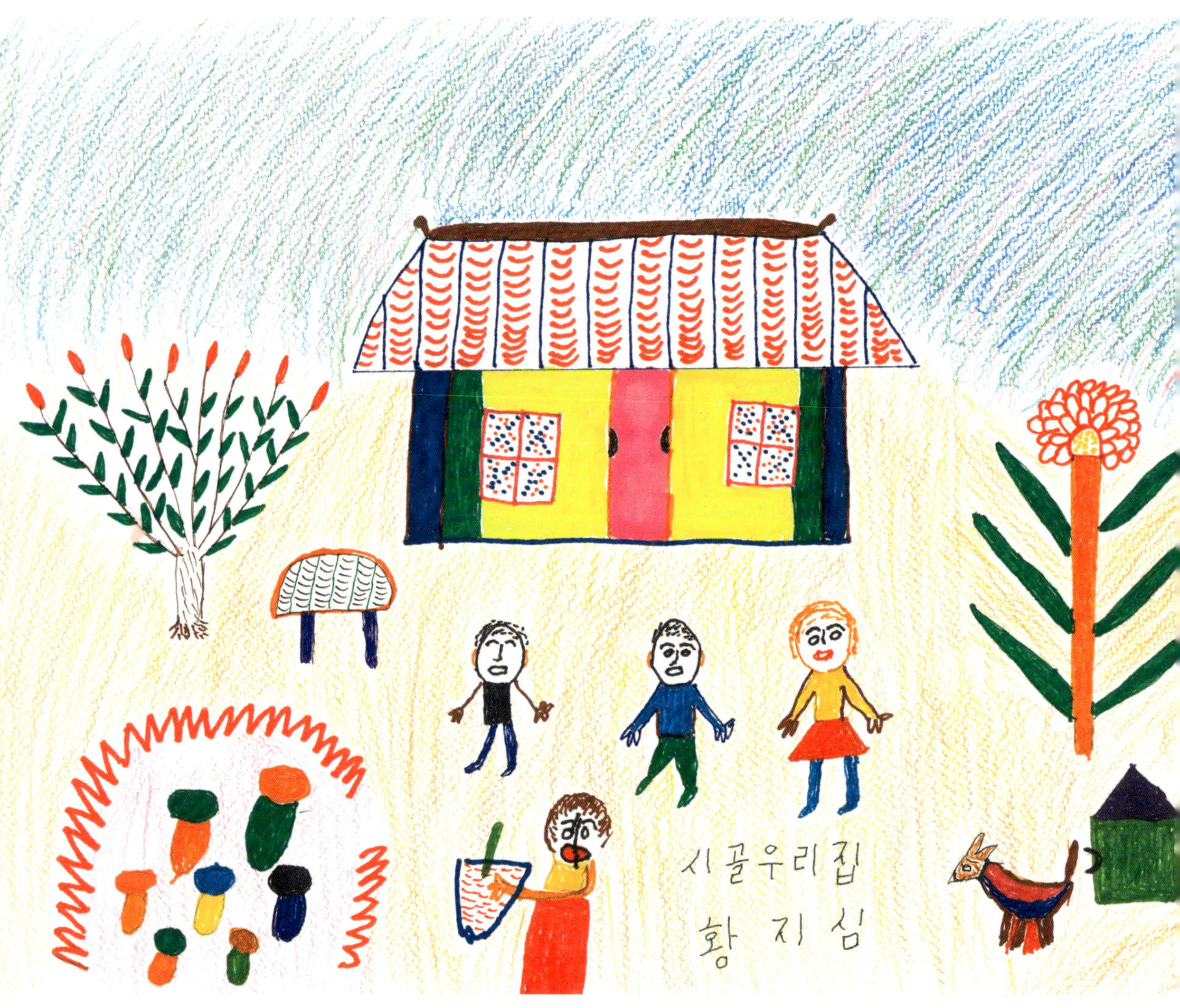

시골우리집
황 지 심

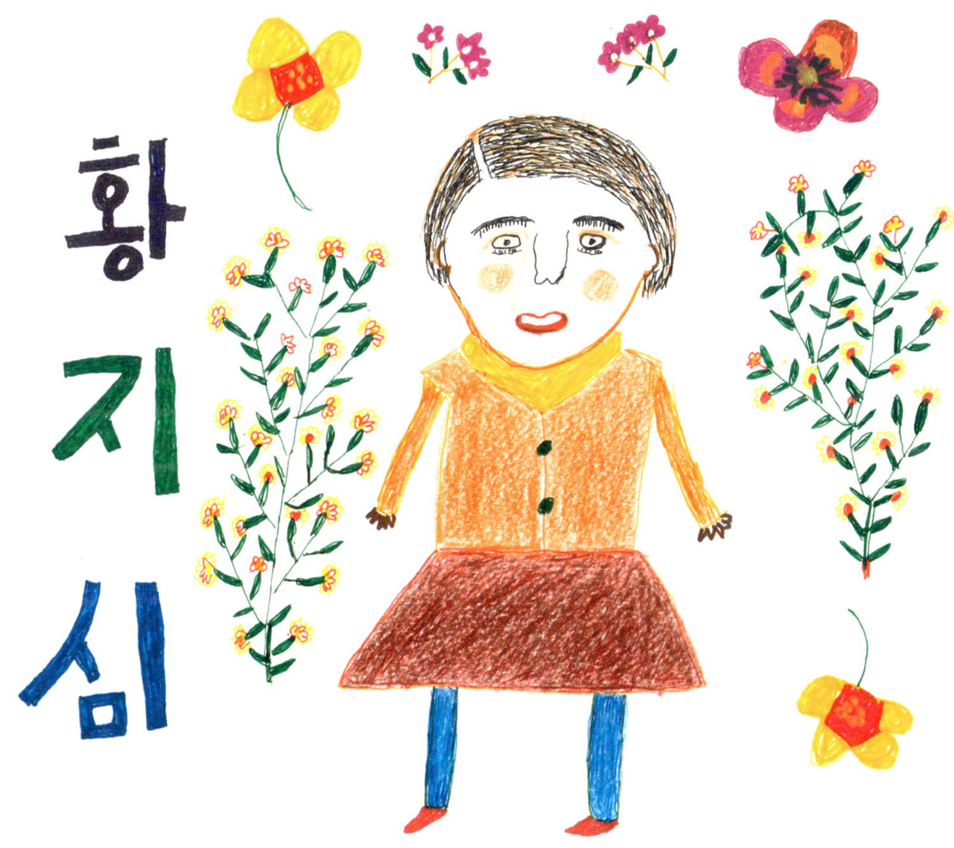

황
지
심

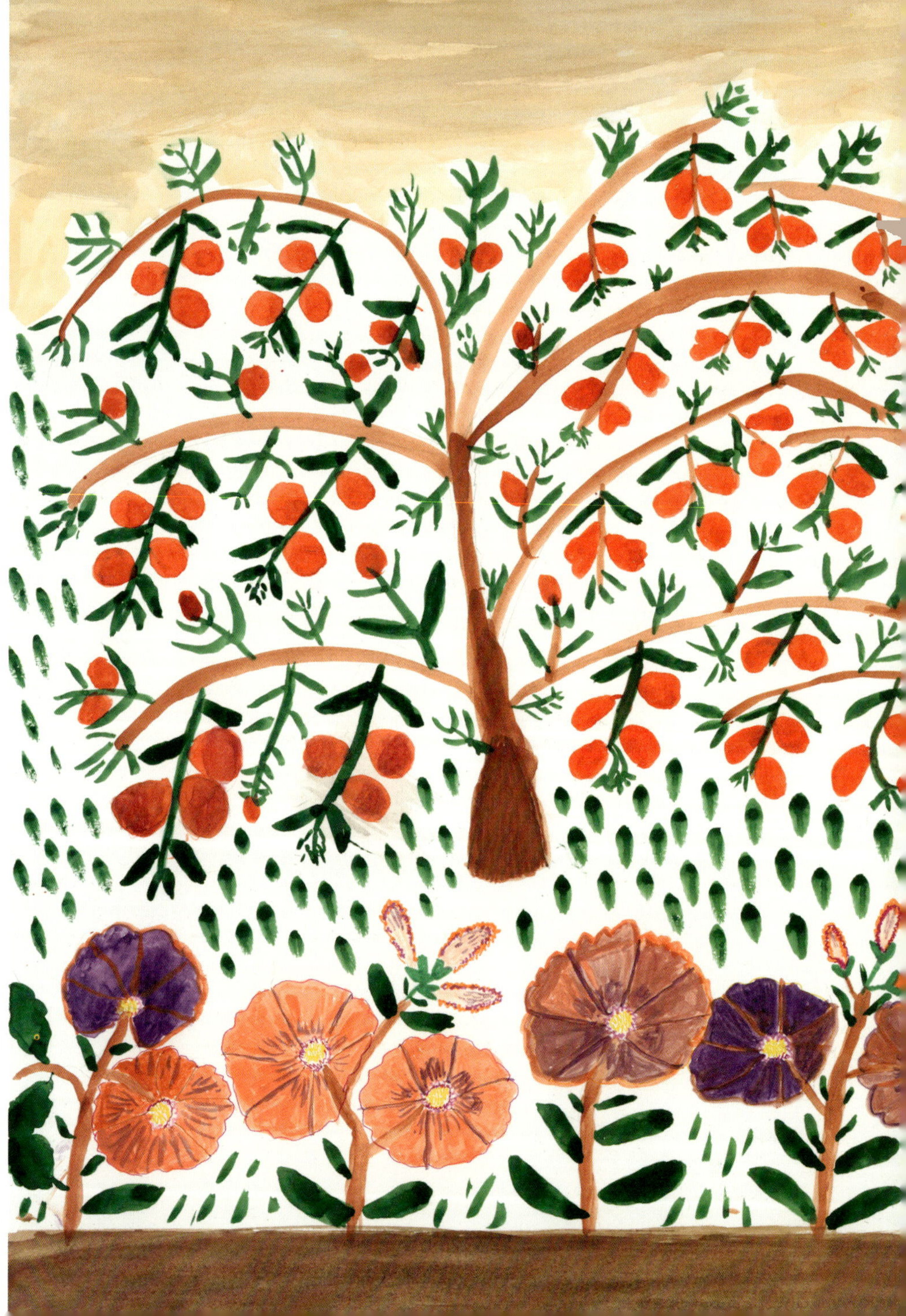

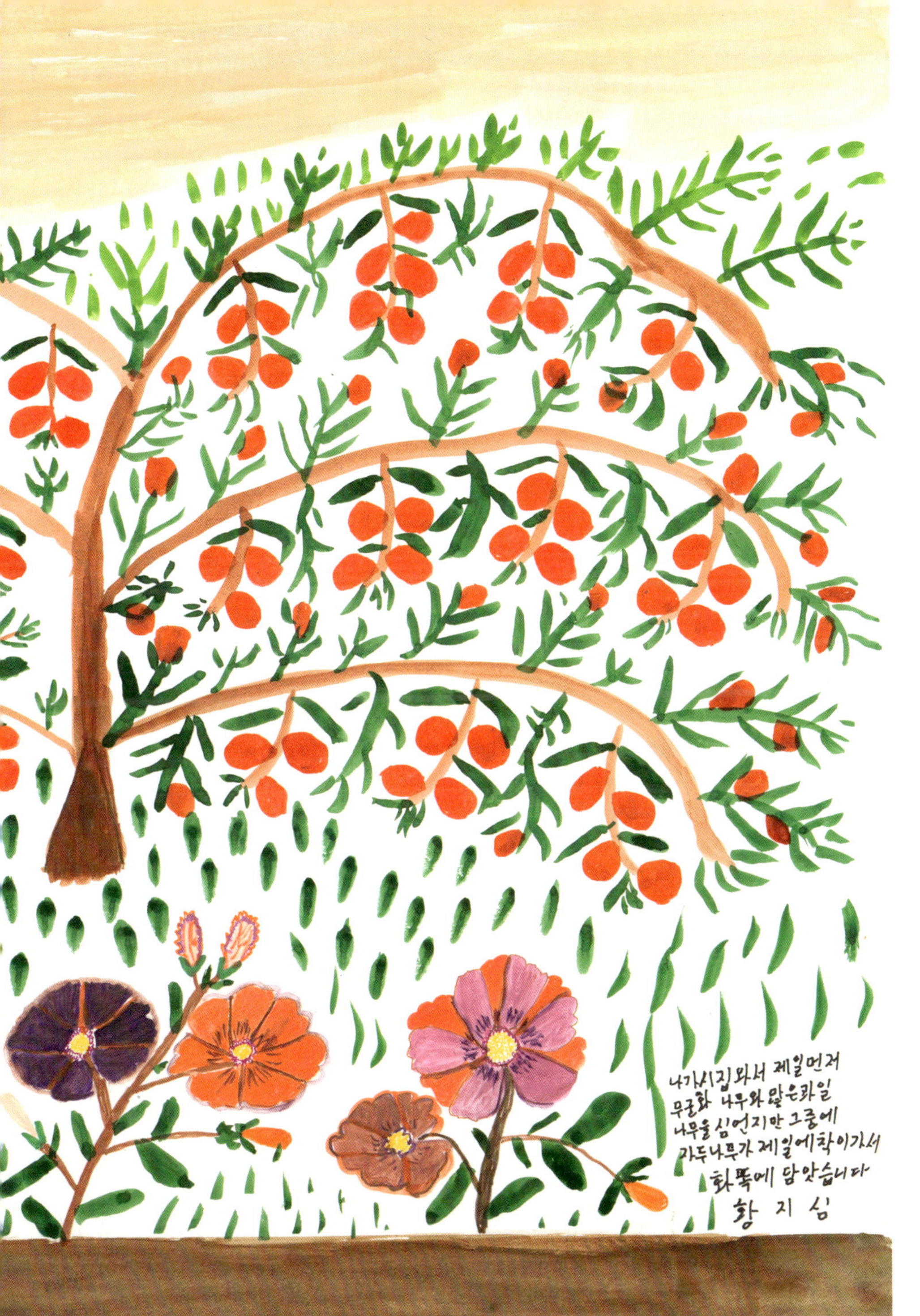

내가시집와서 제일먼저
무궁화 나무와 많은과일
나무을 심언지만 그중에
가두나푹가 제일에착이가서
화푹에 담앗습니다
황 지 심

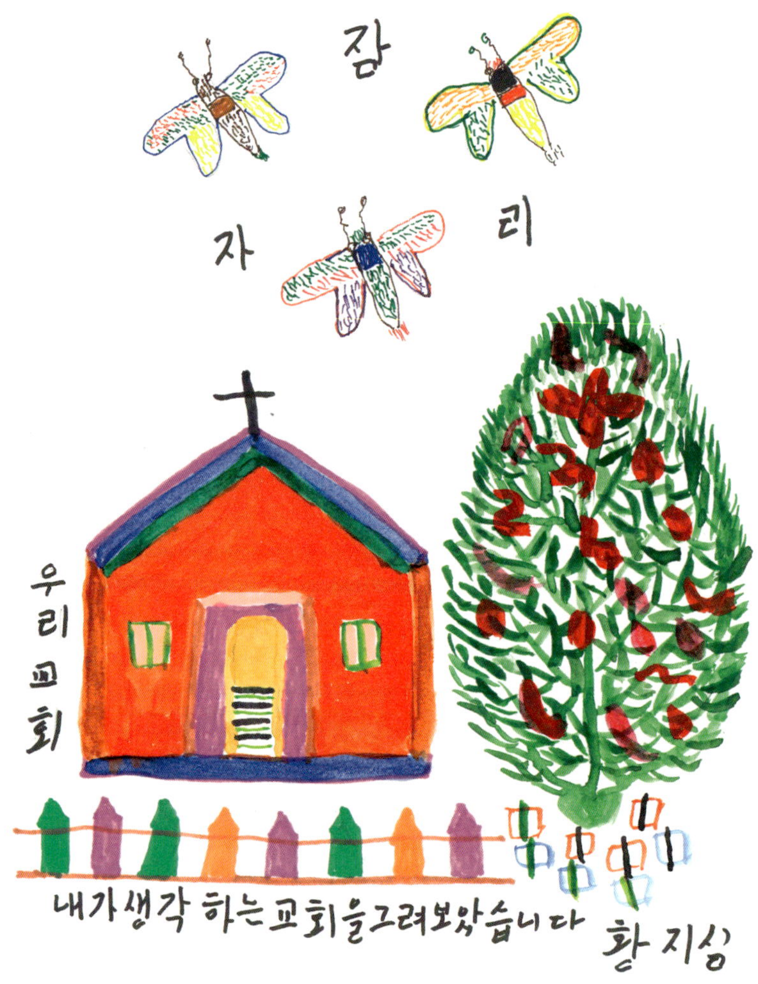

잠
자
리
우리교회
내가생각 하는교회을그려보았습니다
황 지심

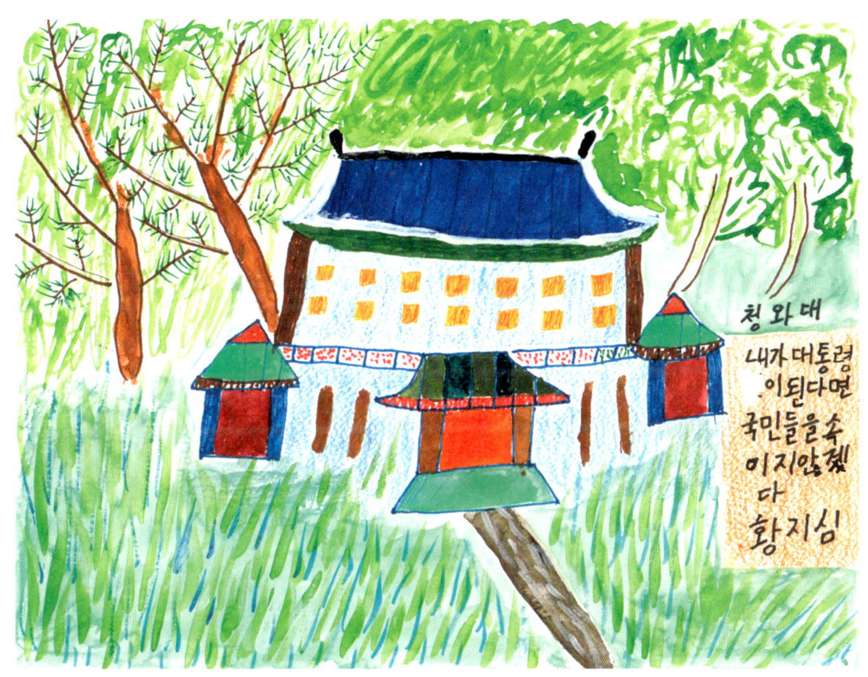
청와대
내가 대통령
이된다면
국민들을 속
이지않겠
다
황지심

그 리 운
친 구
김 명 례 에 게

어릴 때 같이 배 타고 남의 동네 서리 갔다가
물이 빠져서 못 건너온 날 기억해?
완두콩, 땅콩, 참외 서리하고
곤로 불 때서 콩 삶아 먹었지.
덜 익어도 참 맛있었어.

추석에 객지 갔던 친구들이 오면
바닷가 오두막집에서 남자고 여자고 다 모여서 놀았지.
날 새도록 놀다가 새벽에 집에 가면
아버지께 몽둥이찜질을 당하고 난리가 났는데
그래도 참 재밌었다.

네가 먼저 결혼할 때 그렇게 섭섭하더라.
결혼한다고 내가 액자 하나 사 줬던 걸
몇십 년을 가지고 있었는데
이사하다 없어졌다고 속상해 했잖아.

남들한테 서방 흉은 봐도 자식 흉은 못 보는데
너한테는 뭐든 말할 수 있었어.
나한테 전화를 자주 해 줘서
힘든 일 있으면 들어 주고 이해해 주고 위로해 줘서
고마워.
항상 고마워.

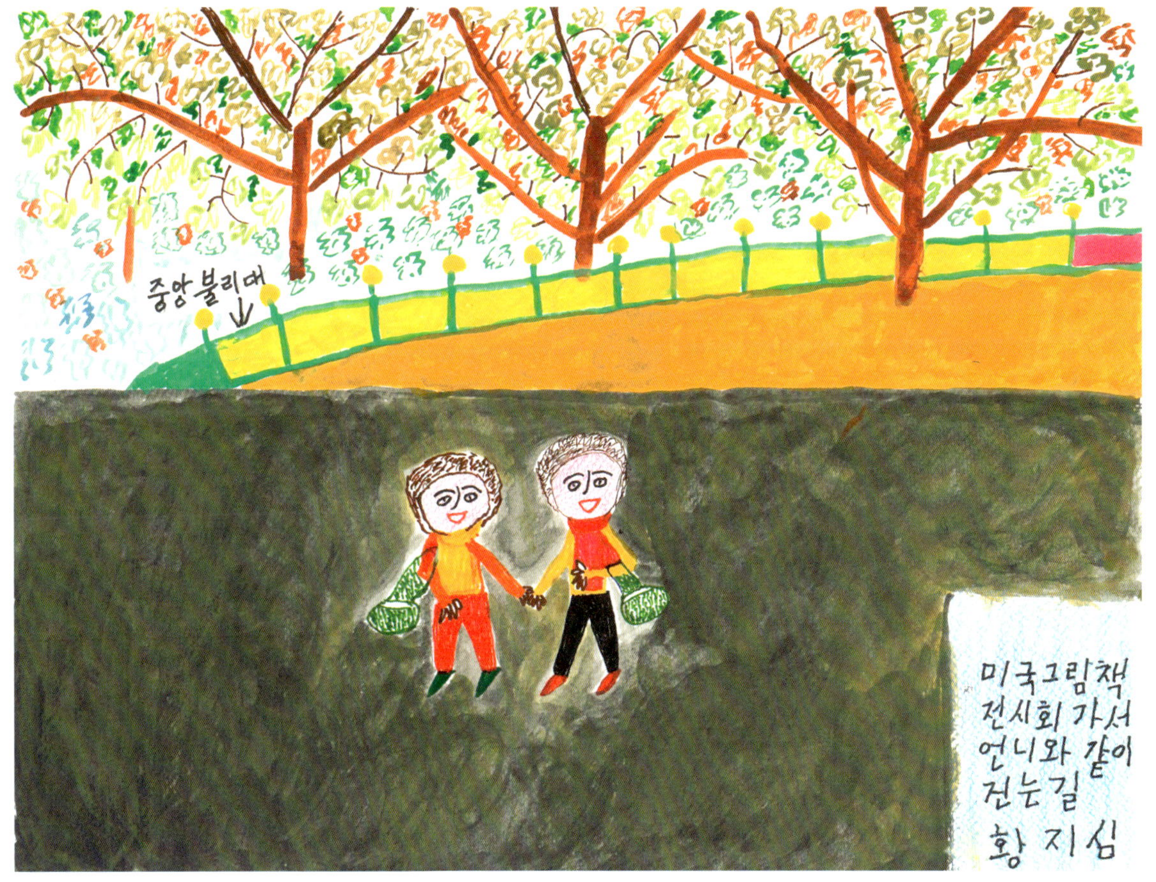
중앙불리대
미국그림책
전시회 가서
언니와 같이
걷는길
황 지 심

양 순 례

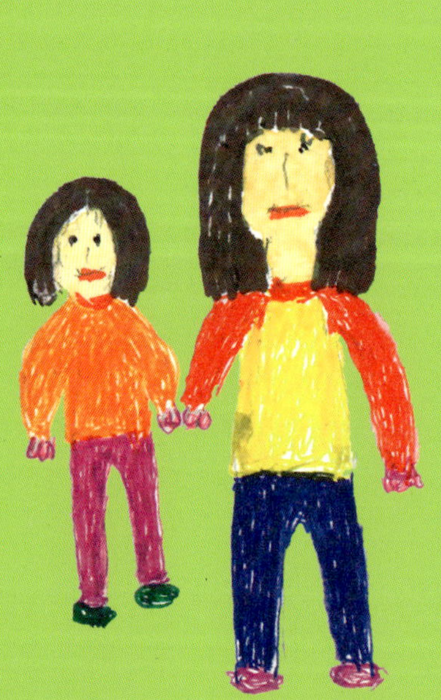

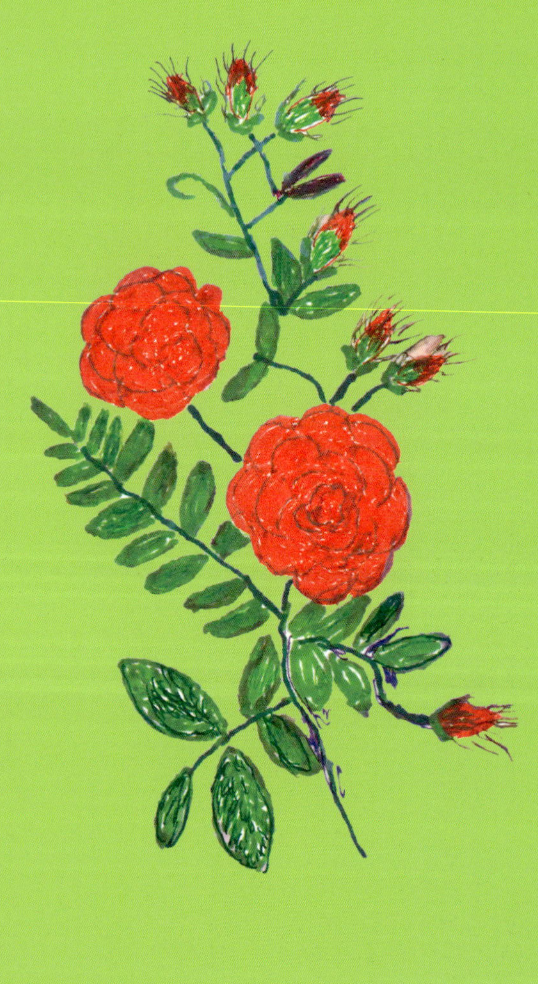

아들의 거짓말

중학생 큰아들이 집에 와서
엄마는 학교를 어디 나왔냐고 물었습니다.
나는 갑자기 말문이 막혀 아무 말을 못했습니다.

큰아들은 얼른 눈치를 채고 선생님이 물어봐서
학교를 나왔다고 말했다는 것입니다.

나는 갑자기 가슴이 벌렁벌렁 뛰었습니다.
자식한테 못 배웠다는 것이 들통난 것도 부끄럽고
거짓말을 하게 만들었다는 것도 맘에 걸렸습니다.
못 배운 것이 죄였습니다.

나이를 먹고 노래교실을 다니게 되었습니다.
그런데 글이 필요했습니다.

다른 사람들은 자기 이름, 주소를 다 쓰는데
나는 못 쓰니까 부끄러웠습니다.
그리고 노래 가사를 못 보니까 너무 답답했습니다.
그래서 악착같이 글을 배우게 되었습니다.

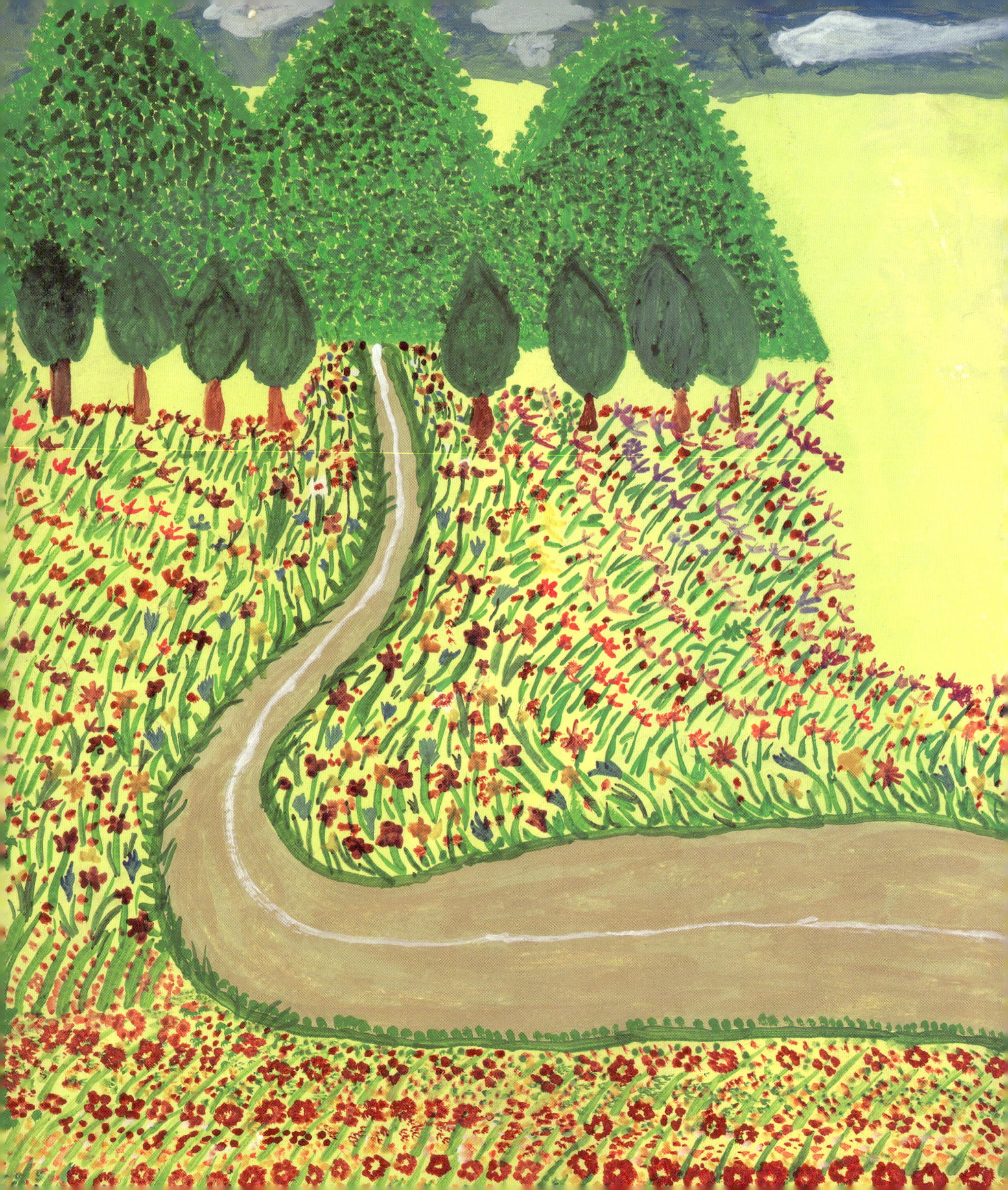

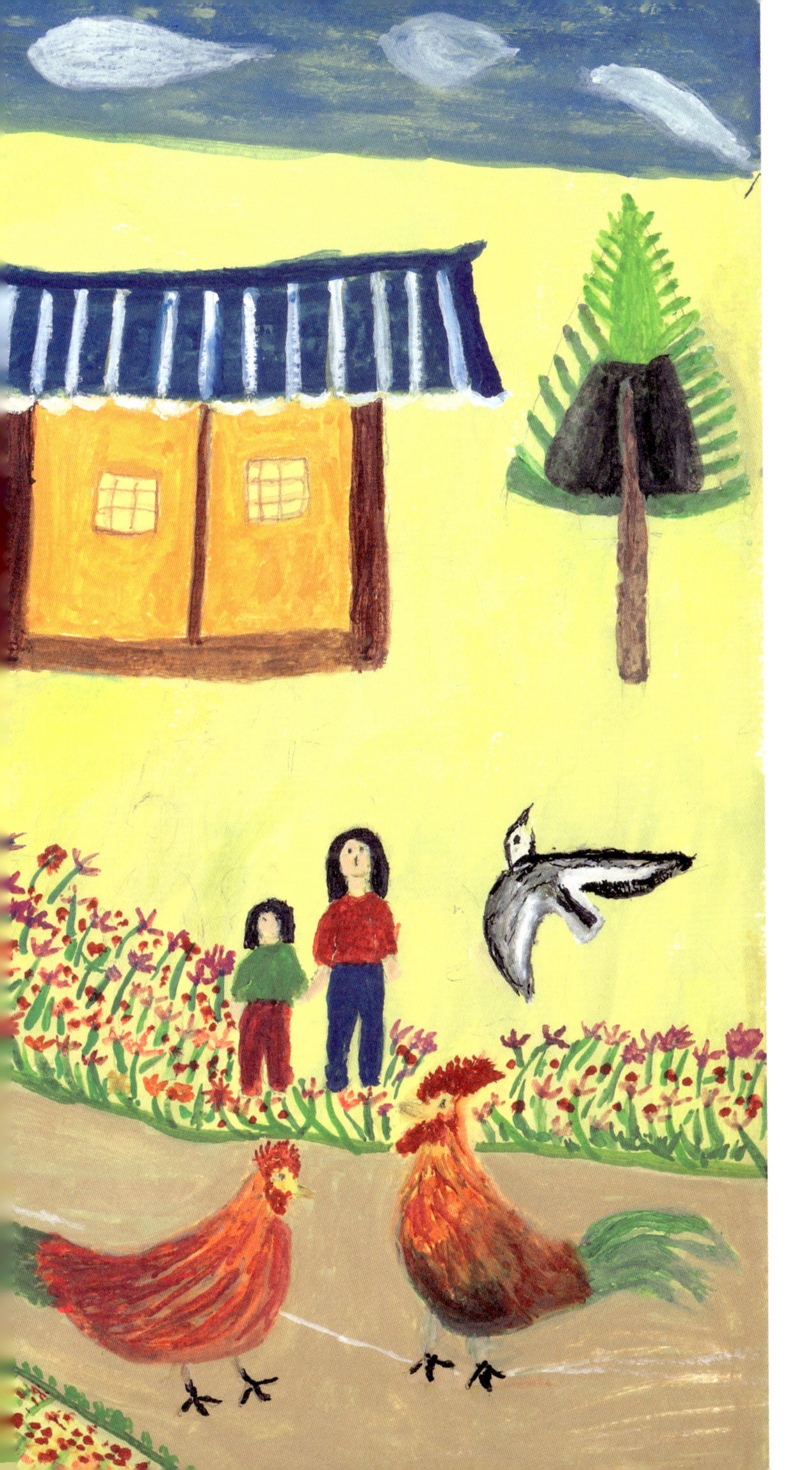

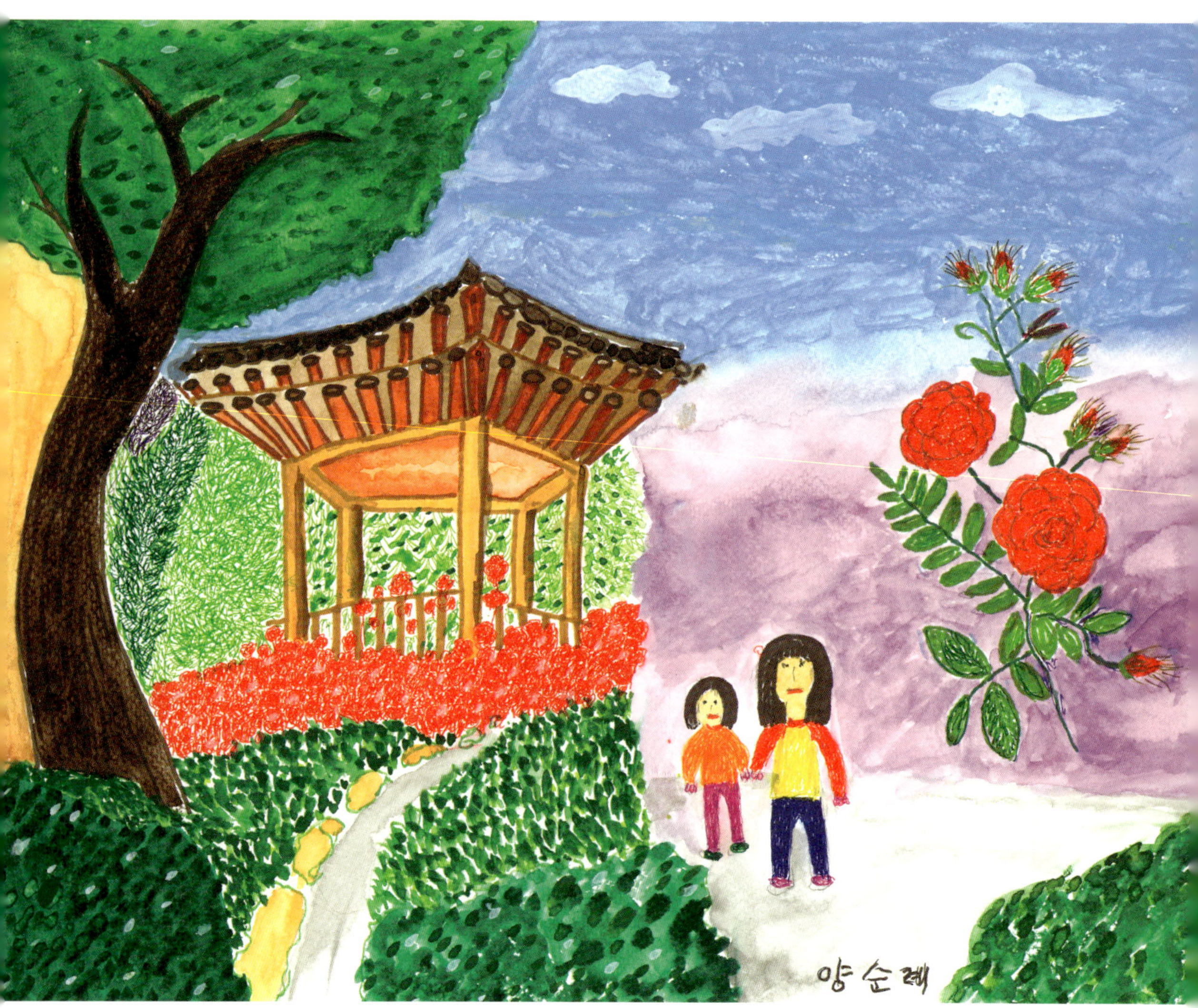

양 순 례

우리 선생님은 다 늙은 우리를 만나 얼마나
답답할까 생각하면 미안해서 볼 낯이 없습니다.
그리고 짠한 생각까지도 듭니다.

우리들은 똑같은 것을 몇 번씩 가르쳐 줘도
금방 잊어버리고 처음 듣는 것처럼 합니다.

선생님은 소나무 때는 아궁이처럼 열심히
가르쳐 주시고 사랑으로 품어 주셨습니다.
그래서 우리도 열심히 배웠습니다.

구십 넘은 우리 언니들은 나를 부러워합니다.
글도 다 알고 핸드폰 문자도 잘 쓴다고
똑똑해졌다고 합니다. 나는 언니들한테
칭찬을 들으면 기분이 좋아집니다.

머리가 복잡할 때는 그림을 그립니다.
마음이 편안해지고 아픈 곳도 잊어버립니다.
새로운 것을 그릴 때마다 너무 신기합니다.
선생님 고맙습니다.

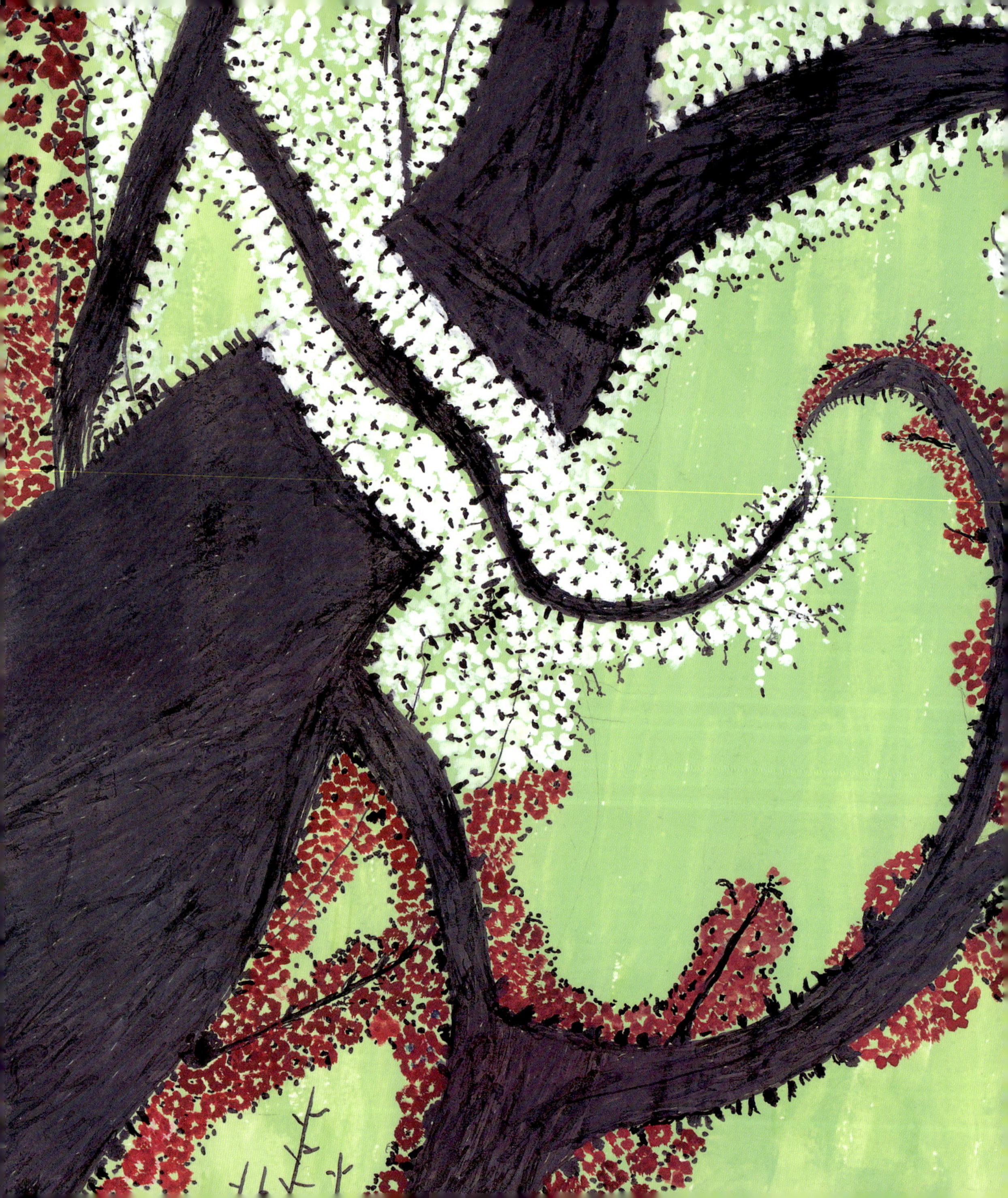

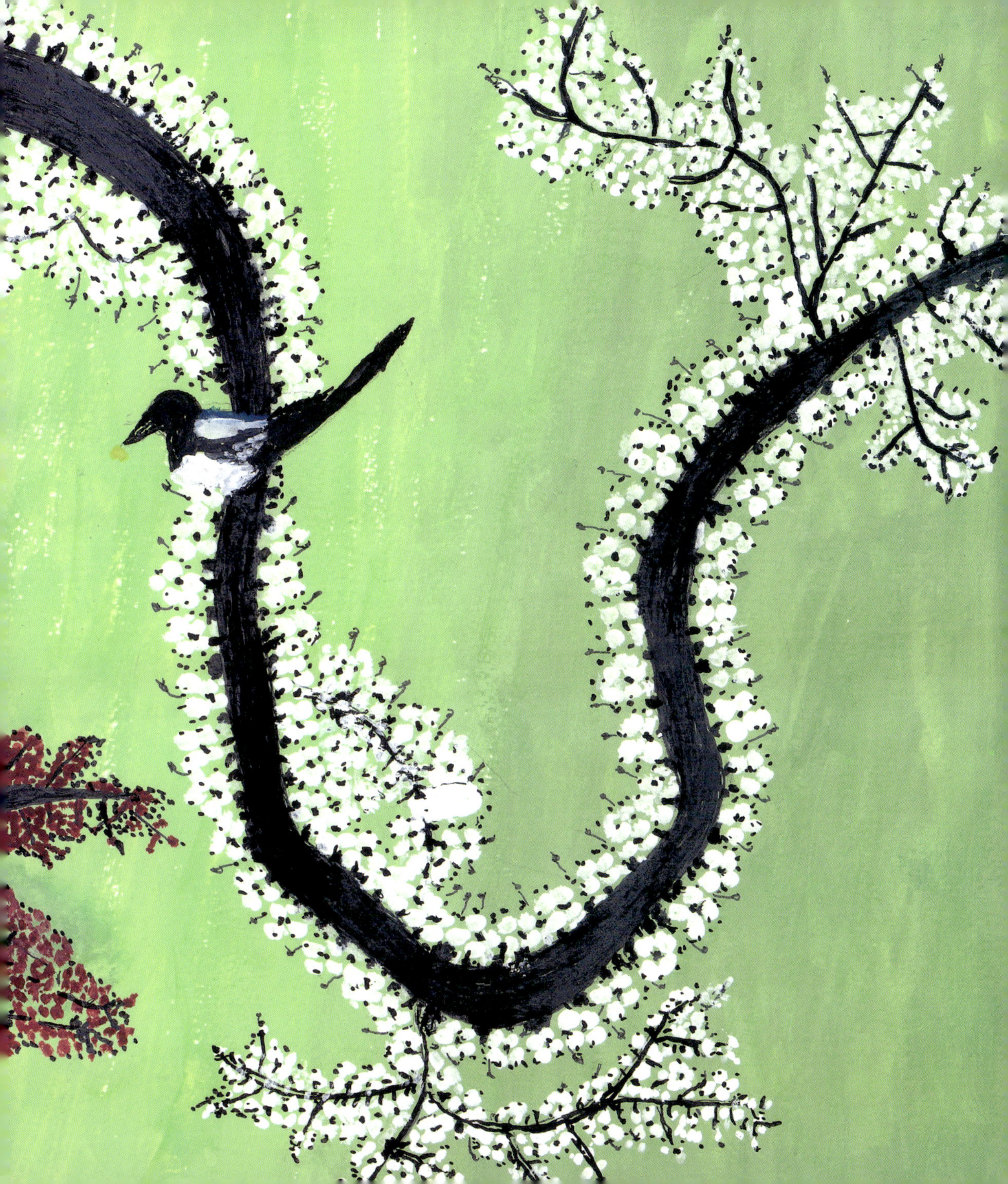

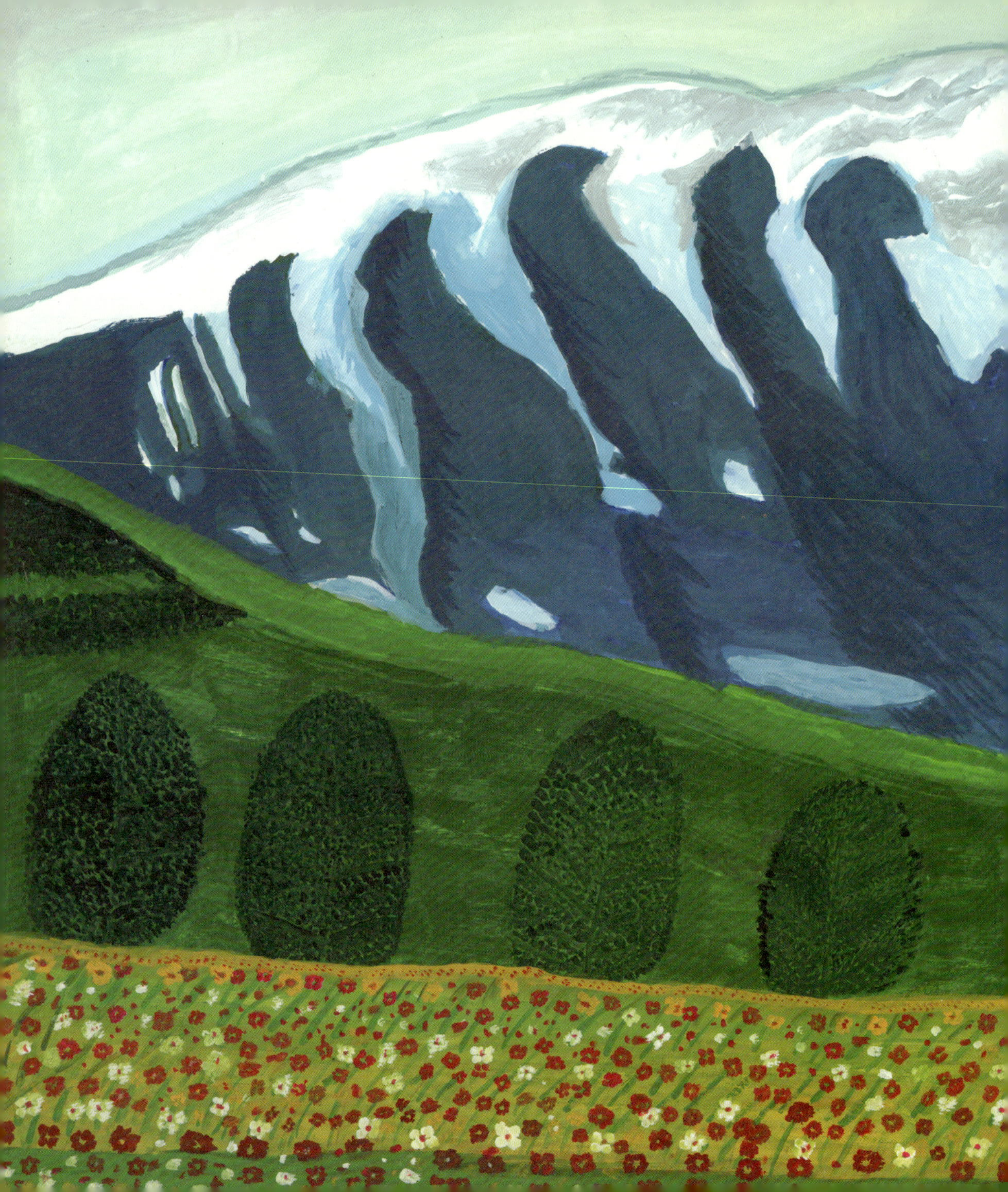

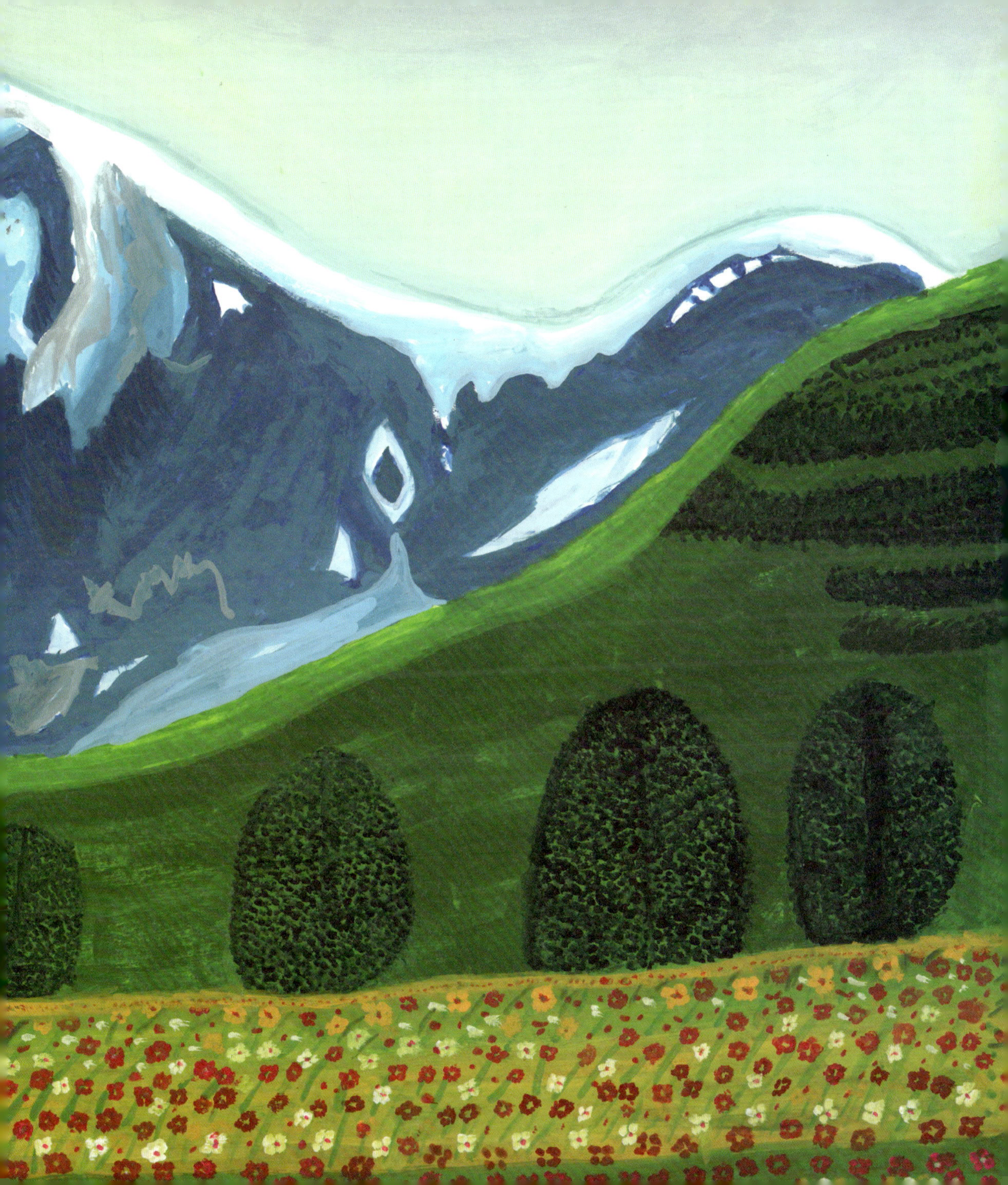

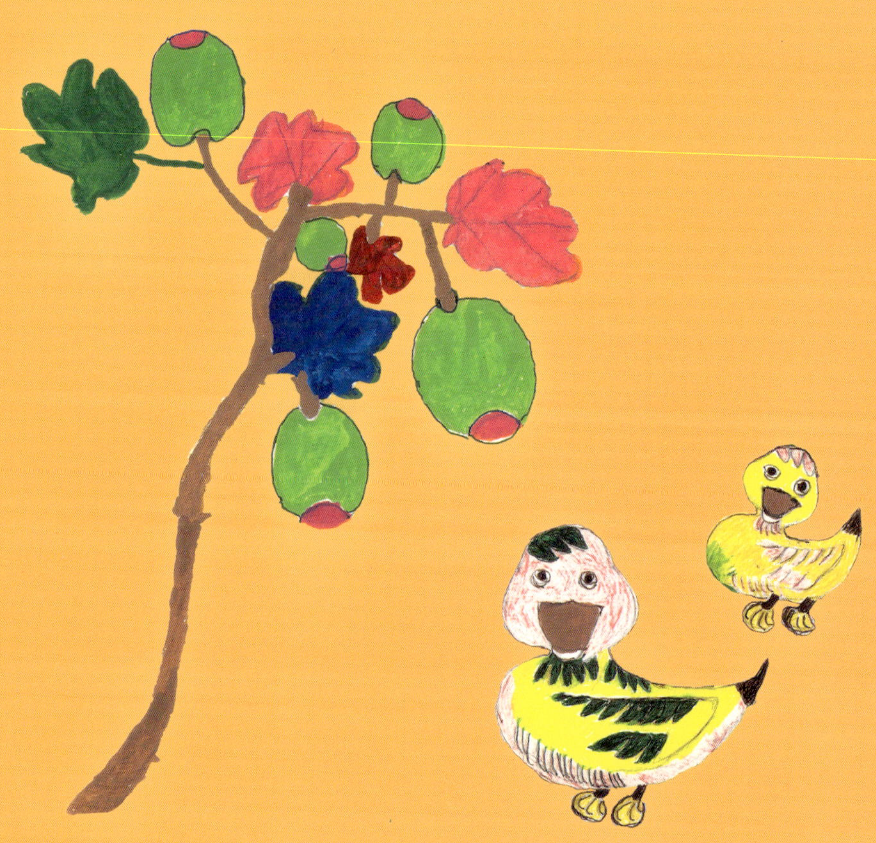
김 정 자

엄마 혼자 고둥 잡고 굴 캐다 팔며 살 때 힘들었지?
그래도 엄마, 왜 언니랑 나 데리고
그런 집에 시집을 가서 고생을 시켰어?

우리 먹여 살리겠다면서
자식 일곱이나 있는 집에 시집을 가서
우리는 못 먹이고 남의 집 자식들만 먹이느라 고생했네.

우리는 학교도 안 보내 주고
의붓아버지 자식들만 학교 보내 줬지.
책보에 책하고 필통 넣어 두르고 뛰어가면
짱글짱글짱글 필통에 연필 구르는 소리가 나는데
그 소리가 그렇게 부러웠어.
학교 운동회 때면 같이 가자고 해서 따라갔는데
가는 길에 엄마는 감 떼다 팔고 나도 옆에서 도왔지.
다른 애들 보면서 나도 저랬으면
얼마나 좋을까 했어.
부채춤 추는 거 보면 그렇게 부러웠어.

엄마가 그 집에서 낳은 아이 내가 업어 키우다가
나주로 또 어디로 식모살이 갔잖아.
그래도 엄마가 그립고 보고 싶었어.
명절에 차비만 딱 주고 보내도
엄마 옆에 있을 수 있어서 좋았어.

돈 벌고 공부할 수 있을까 하고 서울 갔다가
폐병 걸려서 길도 모르고 글도 모르는데
어찌어찌 순천까지 다시 왔네.
그때 엄마가 해삼 잡아다 주고
약초 캐다 먹여서 좋아졌지.

원망할 때도 있었지만
이제는 그랬던 게 미안해.
얼마나 힘이 들었으면 그랬을까.
지금은 다 알지.
그런데 엄마, 그래도 난 엄마 옆이 늘 좋았어.
매번 그랬어.

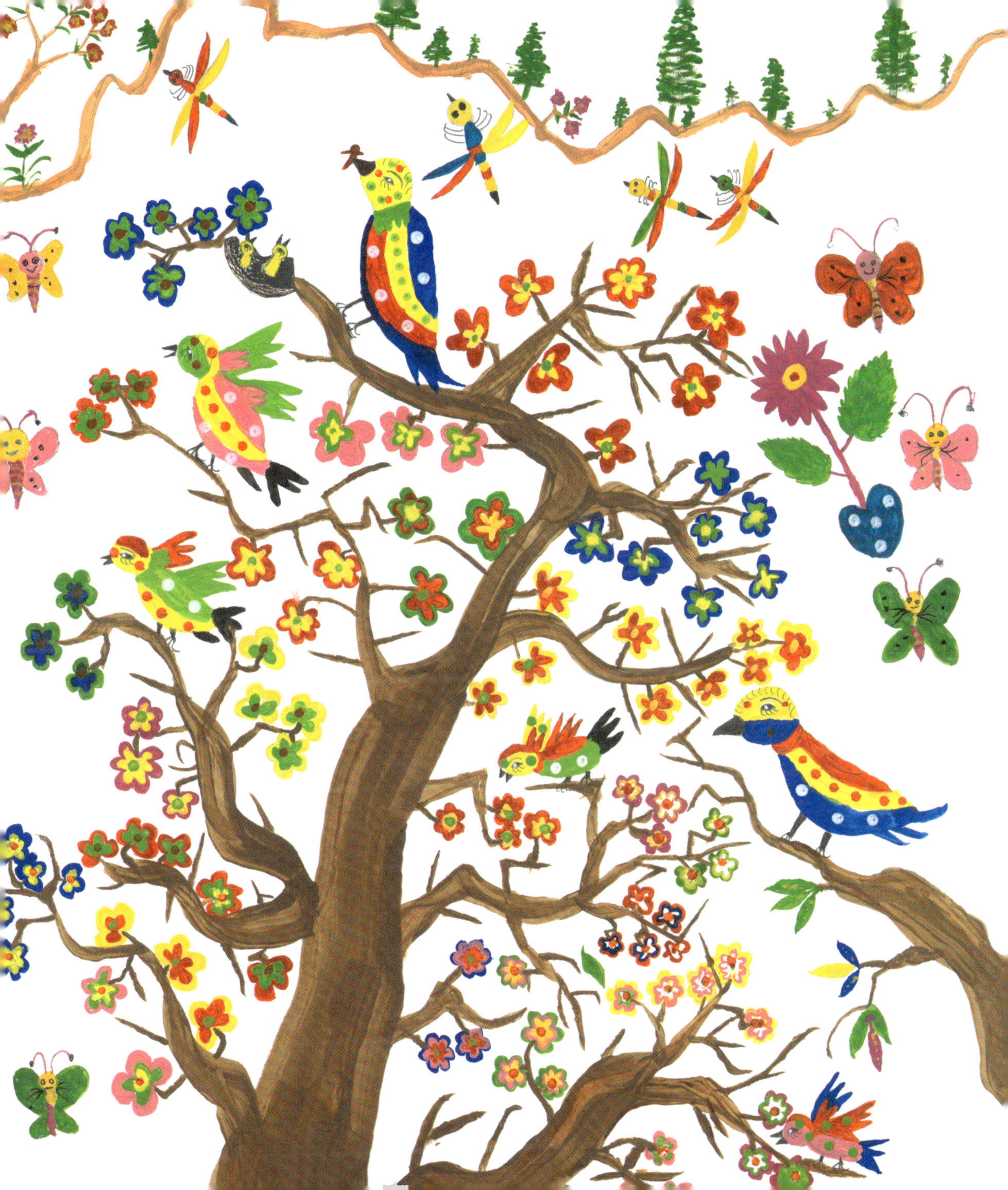

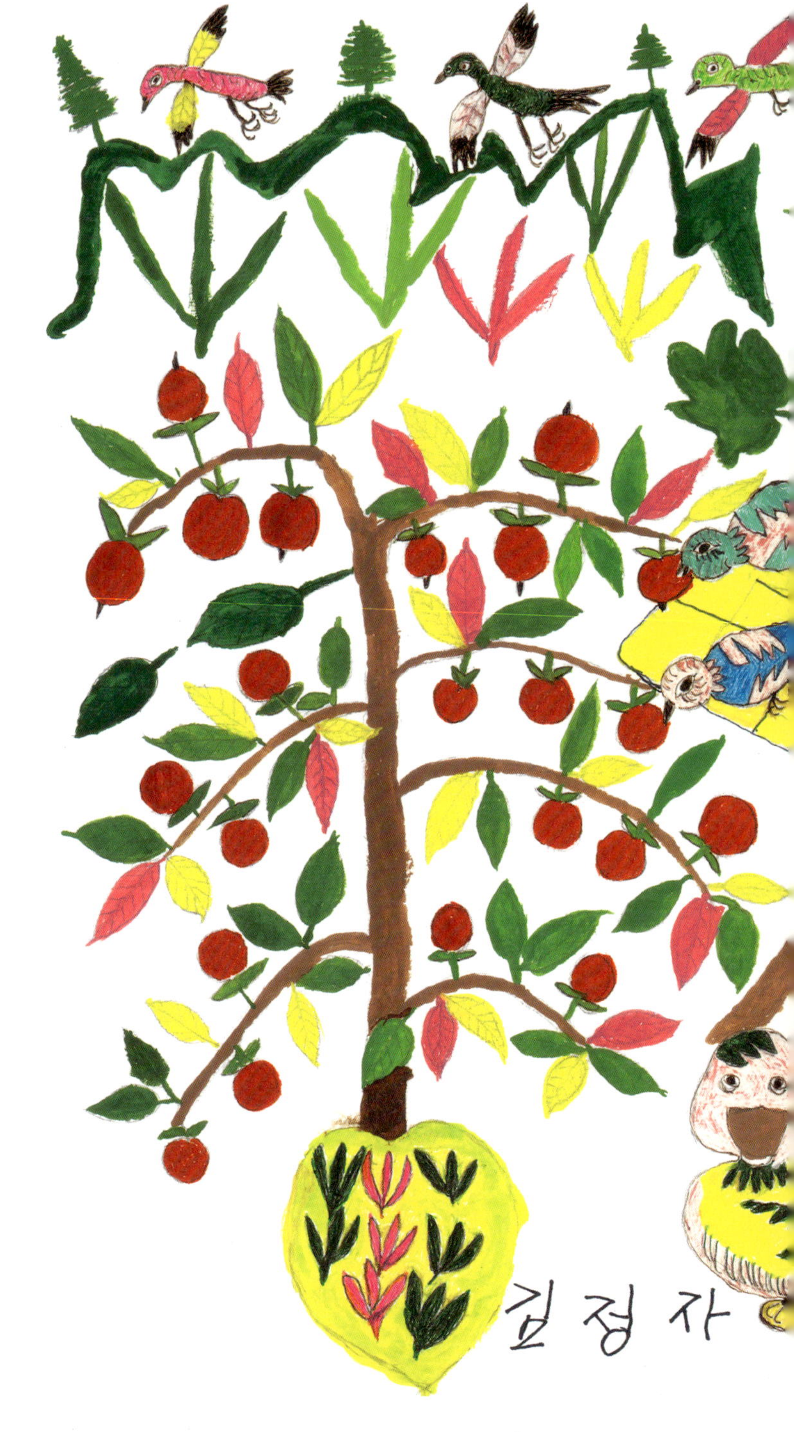
김정자

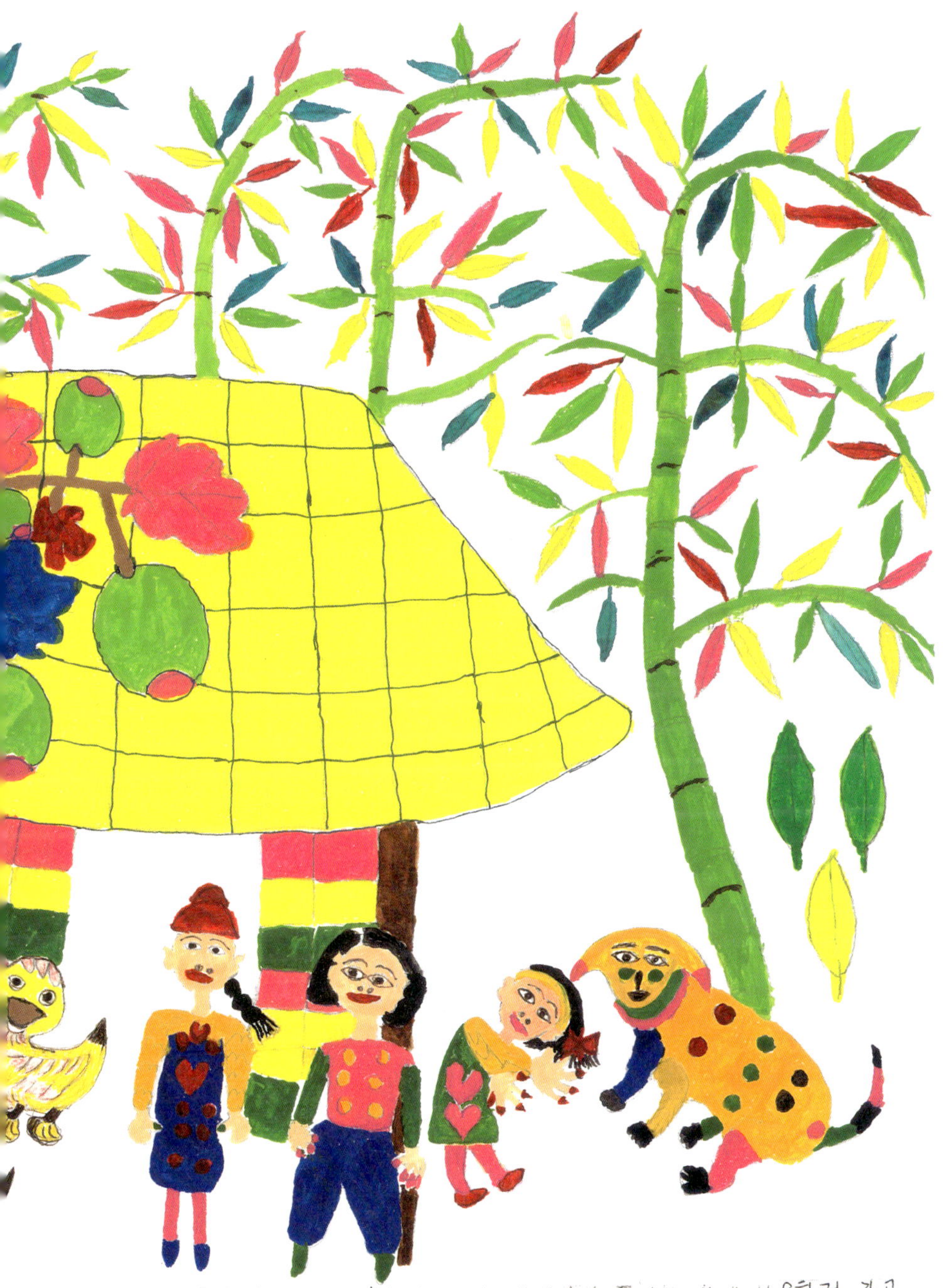
게 나는 어느 산골짜기에 발았다 할머니 엄마 언니 나 이렇게 살았다 할머니는 산에 나우하러 가고
는 바다에 굴 까러 가고 나는 도랑에서 가재잡고 고동잡고 새소리 물소리 들으면서
재미있었다

오빠랑 편지 수없이 주고받았는데
사실 그 편지 동네 사는 정일 오빠가 써 준 거였어.
오빠한테 편지 오면 밤중에도 읽어 달라고 거길 갔어.
그럼 읽어 주고 답장도 써 주고 그랬지.

오빠가 다른 가이네 하고 좋아지내는 걸 알고는
내가 그 가이네랑 머리끄덩이 잡고 싸우고
들이밀어서 떨쳐 버렸어.
악이 나니 눈에 뵈는 것이 없드만.

집에 와서 그 가이네랑 그러고 있는 줄 알면서도
내가 만년필을 샀어. 오빠 줄라고.
바닷가에서 "오빠, 나 오빠 선물" 하고 줬더니만
인연이 안 될라고 그랬는지 오빠가 이래 이래 보다가
물속으로 퐁당 빠뜨렸잖아.
내가 퐁당 빠진 것처럼 마음이 아팠어.
그때 만년필 5만 원인가 주고 샀어.
돈도 없는데 내가 탈탈 털어 산 건데
그걸로 그렇게 끝나 버렸네.

그리 오빠를 좋아하면서도
부끄러워서 좋아한다는 말도 못했어.
키도 크고 몸매도 좋고 얼굴도 좋고 모든 면이 좋았지만
무엇보다 나한테 잘해 줘서 좋았어.
어디서 받아 본 역사가 없는데
사랑받는 기분을 처음 느껴 봤어.
참 고마워.

항상 나를 데리고 다녔잖아.
노래 콩쿠르도 데리고 구경 가고 먹을 것도 챙겨 주고
동생처럼 사랑해 줬지.
덕수 오빠,
내가 힘들 때
많이 도와줘서 고맙고 감사해.

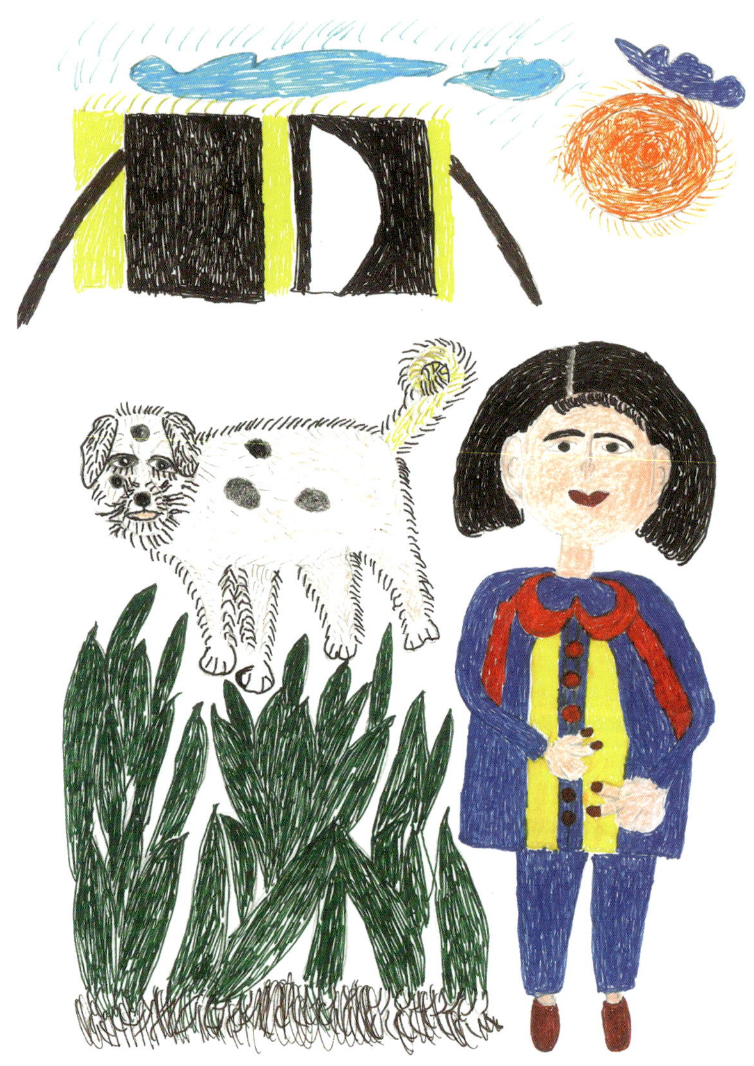

학교 다닐 때 밥을 못 가져다줘서
수돗물 먹어 배 아프다는 소리 듣고 마음이 아팠다.
밥도 제대로 못 먹였는데
공부 열심히 해서 선생님 돼서 너무 든든하고 고마워.

네가 없으면 나는 아무것도 못해.
우리 딸에게 엄마는 고맙고 항상 미안해.
딸이 있으니까 든든한데 손이 안 좋아서 고생 많았지.
병원 다닐 때 말도 못 하게 아파해서
내가 대신 아파 주고 싶었어.

왜 그런 병이 걸렸을까 싶고
엄마가 잘해 주지 못해 그런가 해서
잠도 못 자고 눈물만 흘렸어.
건강해져서 고마워.
우리 딸 앞으로도 건강하고
행복하게 살았으면 좋겠다.

우리 집 보물 막내딸.
찢어지게 가난했던 우리 집은
네가 태어나고 형편이 조금씩 좋아졌지.
점쟁이 말처럼 네가 복덩이 맞나 보다.
네가 시집을 가면
우리 집이 안 좋아진다고 했을 때 믿지 않았는데
정말로 불행이 닥칠 줄 누가 알았겠냐.

너희 아빠의 교통사고는 우리 가족에게 큰 충격이었다.
중환자실에서 생사를 넘나들 땐 하루에도 몇 번씩
가슴 졸이며 눈물로 세월을 보냈었지.

다행히 너희 아빠는 깨어났지만
지금까지 많은 세월을 병상에 누워 있으니
짠하기도 하고 우울한 마음이 들다가도
너희들 생각하면서 힘을 내고 버티는 것 같아.

사랑하는 막내딸아,
시집가서 시부모님한테도 잘하고 시어른들 사랑도 듬뿍 받고
열심히 살아 주니 엄마는 더 바랄 것이 없다.
나한테도 이것저것 먹을 거며 반찬도 다 챙겨다 주고
수시로 전화도 해 주고 신경을 써 주니 정말 고맙다.

손녀딸도 너를 닮아
나한테 살갑게 잘하니까 기특하고 너무 고마워.
나는 너희들에게 잘해 준 것이 없으니 늘 미안한 마음뿐인데.
내 사랑 막내딸아 정말 고맙고 사랑한다.
앞으로도 지금처럼 행복해라.

어른들이 결혼하라 해서 식모살이보다는 낫지 싶어 했는데,
처음에는 내 마음에 안 들었어.
내가 아파서 금방 뒈진다고 해도 냅두고 화투 치러 가불고,
처음에는 고생을 말도 못 하게 했지.
학교 소사로 지내면 노름 안 할 줄 알고 좋아했더니만, 더 하데?
그래도 그때나 지금이나 여자는 나밖에 없고,
나이 들고 돈 없으니 나한테 잘해 줬잖아.

교통사고 나고 지금은 병원에만 누워 있어 항상 짠해.
그래도 10년만 더 살았으면 하고 맨날 이야기하잖아.
그게 그냥 하는 말이 아니야.
"자네가 늙어버렸네, 고생하네" 하고 항상 내 걱정해 주는데
나는 당신이 더 짠해.
당신도 고생 많이 한 거 나도 알아.

학교 식당 일 시작하고 영양사가 써 둔 메뉴 봐야 하는데
내가 까막눈이라 힘들었어.

늦게 철들어서 공부한다고 하니까
태워다 주고 그래서 참 좋고 고마웠어.
교통사고 나서 누워만 있어서 마음이 아파.
누구보다 당신이 힘들지?

경아 아빠,
이렇게 살아 있는 것만 해도 고맙고 감사해요.
더 나빠지지 않고 살아 있으면서
나 얼굴 보고 당신 얼굴 보고 했으면 좋겠어요.
애들도 당신 보면 다 좋아해요.
아픈 당신이라도 의지가 되어요.
당신이 "자네가 많이 힘들지" 하면 나는 눈물이 그렇게 나.
아프다는 소리도 당신한테밖에 못 해.
미워도 당신이 있어서 나는 든든해.
당신 10년만 더 살면 내가 그 다음에 따라갈게.

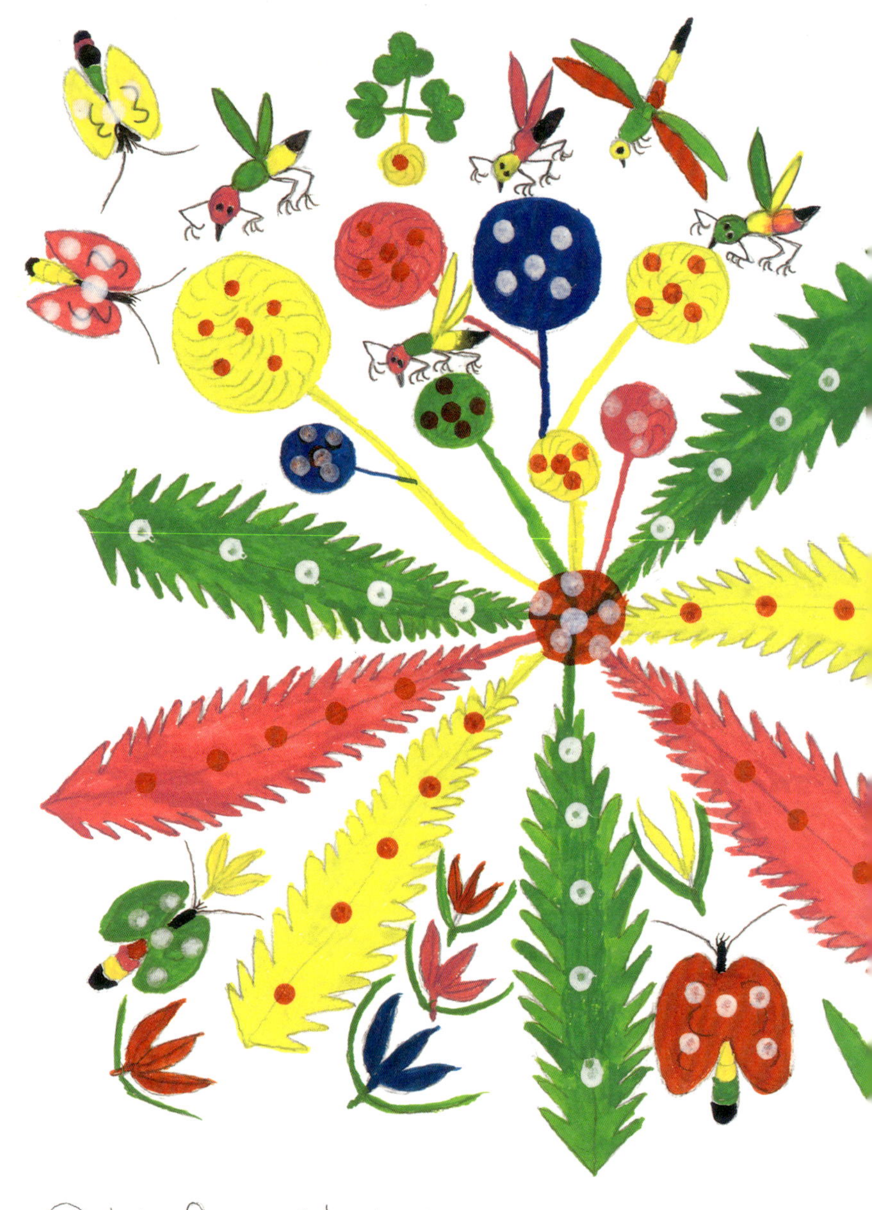

오늘은 걷다가 민들레를 보았다

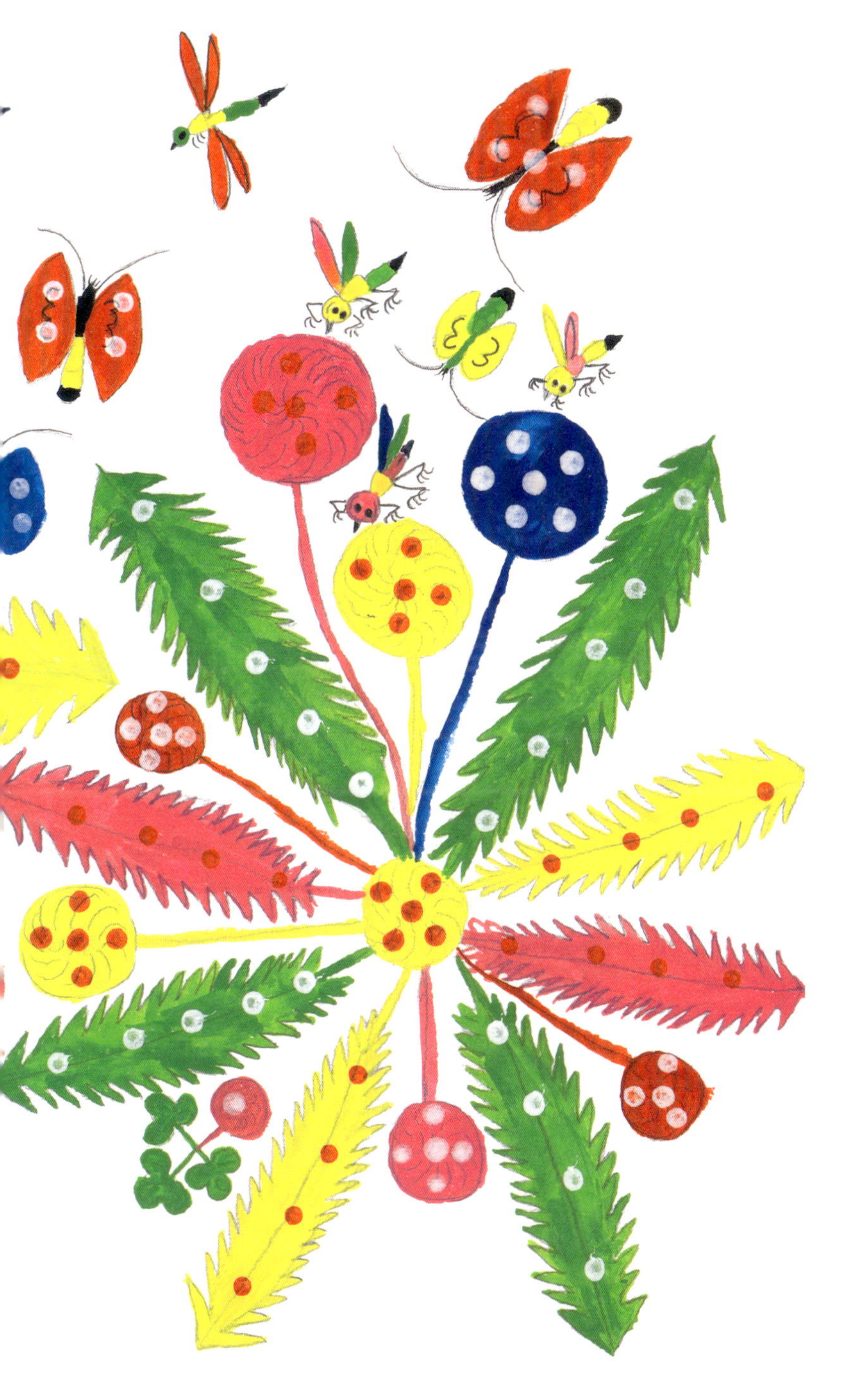

손 경 애

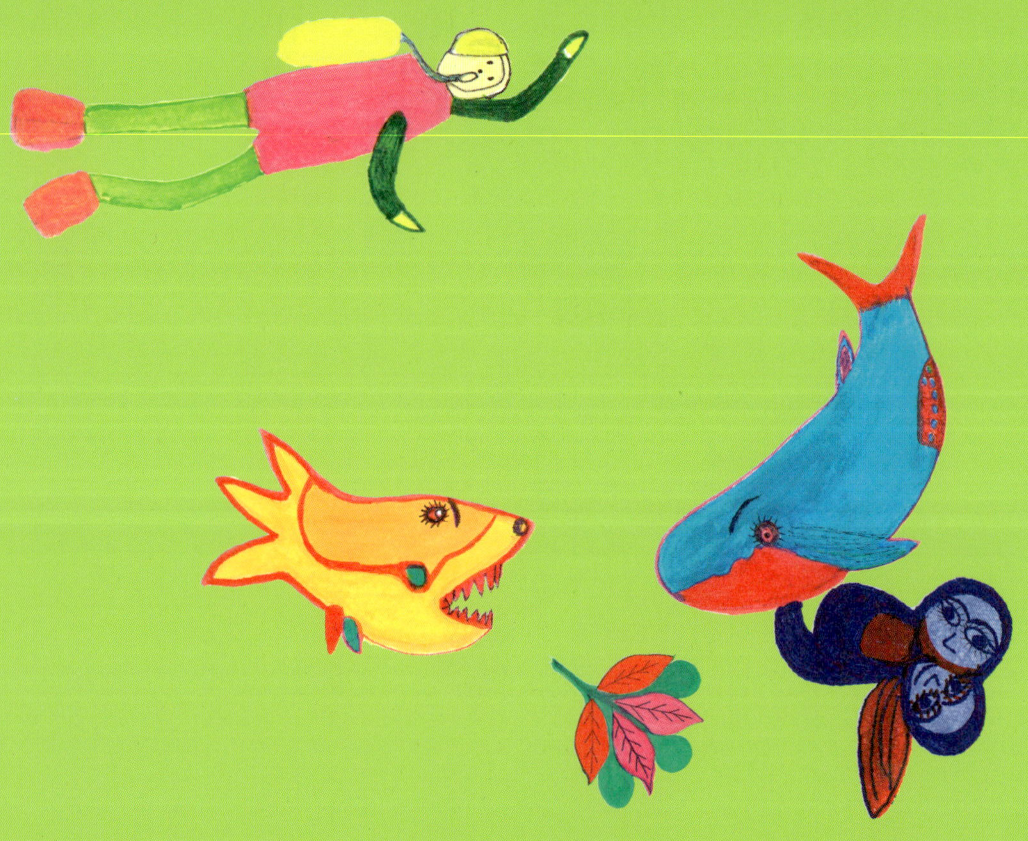

아픈 엄마 때문에 네가 여기 내려온 지 3년이 되었구나.
오지 말라고 말려도 내려와서
병원도 데리고 다니고 약도 챙겨 주고
입맛 없다면 죽도 이것저것 쒀다 주고.
우리 작은딸 아니면
내가 지금 살아 있을지 없을지 모른다.

항암제 먹고 머리끝부터 발끝까지 가려워 죽겠더라.
손끝이 터져 살이 나오고 피가 흘러
자고 일어나면 이불이고 옷이고 온몸이고
피범벅이라 못살겠다 싶었다.
물도 약도 안 넘어가 힘이 들 때
뭐라도 잘 먹어야 이겨낼 수 있다고 챙겨 줘서 고맙다.

마음속으로는 울 때가 한두 번이 아니었지만
네 앞에서는 못 울었다.
너무 고마운데
네가 없으면 어떻게 견디겠냐 싶은데
내가 그런 표현을 못 했다.

멀리서 와 준 작은딸도
함께 와서 할머니 약 발라 주고 챙겨 주는 손녀도
서울에서 혼자 지내면서 나 먹으라고
몸에 좋다는 호두, 대사리 구해서 보내 주는 사위도
너무 미안하고 고맙다.

마지막으로
우리 딸, 겁나게 사랑한다.
말로는 안 나와서 편지에 적는다.
진짜 표현할 수 없게 겁나게 그냥 사랑한다.

겨울에 집에 올 때 네가
군고구마도 호떡도 한 번씩 사 오고 했지.
말없이 먹었지만 속으로는 항상 기뻤다.
어떻게 엄마가 좋아하는 줄을 알았을까.
옷 속에 폭 싸 갖고 오면 그렇게 기특했다.

밥은 먹었나, 술은 먹지 말아야 할 텐데
네가 건강이 안 좋아 매일같이 걱정이다.
"노인네 또 얘기하시네" 하고 넘기지만
나는 항상 네가 걱정이다.

서울에서 머리 수술하고 입원했을 때
네가 병원에 있어 줘서 좋았다.
손에 힘이 없어 물건을 떨어뜨리니까 주워 주며
"아이고, 노인네 참말로 손이 많이 가요" 하는데
내가 막 웃음이 나오더라.
말을 썩 잘 하지도 않는데 그런 말도 할 줄 아네 했다.

속 썩인 적 없는 착한 우리 아들,
내가 줄 것이 있으면 막 주고 싶은데 줄 것도 없어
제일 마음에 걸린다.
우리 아들 잘 사는 거 보고 내가 죽어야 할 것인데.
어쨌든 술 먹지 말고 밥 잘 먹고 건강해라.

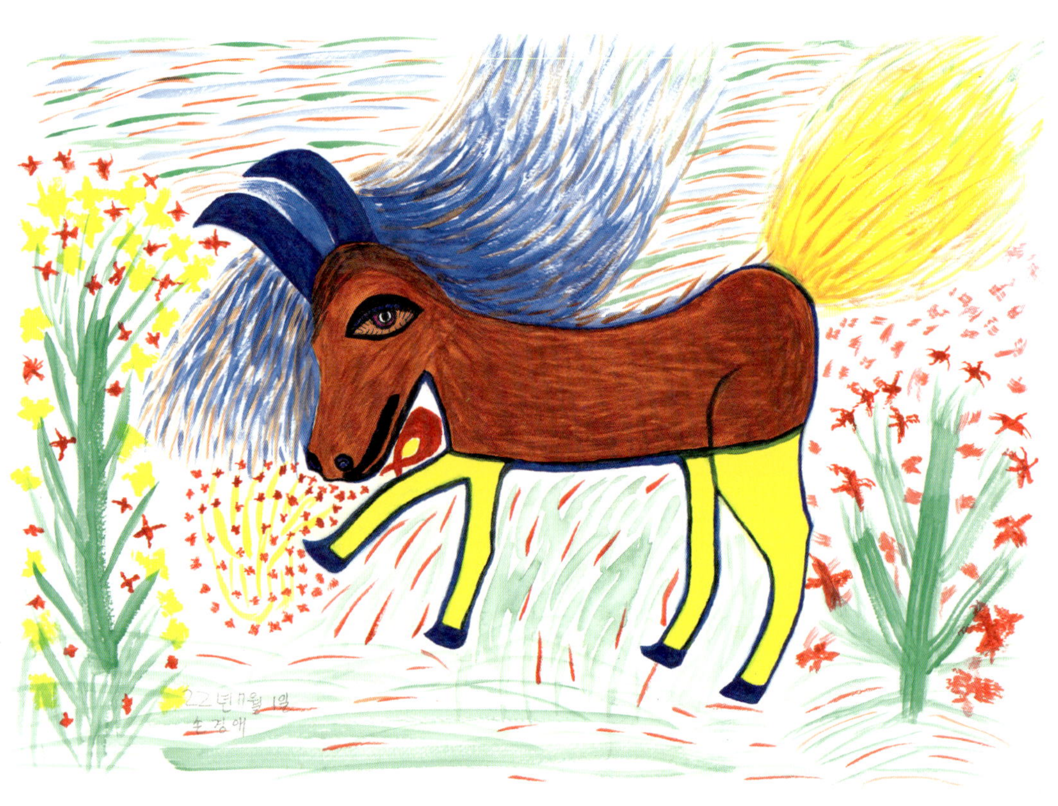
22년 7월 1일
소 강애

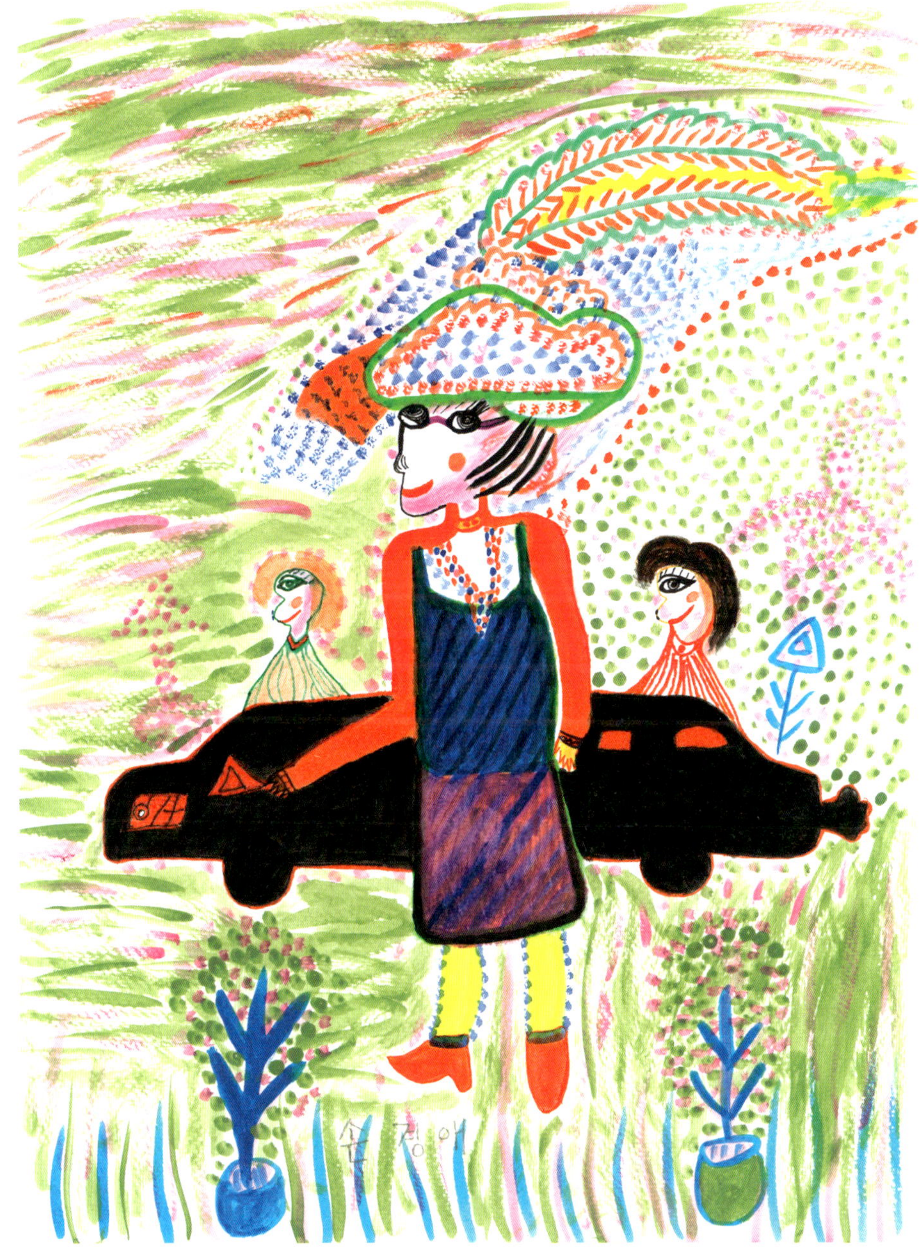

여보,
여보라고 불러야 하는데 부끄러워서 못 부르고
맨날 "예예" 하고 불렀소.
그러면 "길에 가는 사람을 부른 거여, 누굴 부른 거여" 했지.
사랑한다고도 하고 싶었는데
그걸 한 번 못했어.

어릴 때 한동네 살면서 오다가다 보면
말 한 마디씩 툭 하는 게 남자답고 좋아 보였어.
결혼해 살면서 시집살이 힘들어
매일 못살겠다 싶어 방에 들어가 울었지만
당신이 안아 주면서 다독거리고 미안하다 하면
다 풀어지고 그랬어.

욕 한자리 안 하고
때리지도 안 하고
싸우지도 안 하고
그러고 살았네.

서울로 와 셋방살이할 때도
힘들었지만 여보하고는 참 좋게 살았네.
시집살이에 속이 다 상해 버려 잔병치레 많이 하고
아프다고 북북 기어다녀도 싫은 소리 한 번 안 하고
등 두드려 주고 손 따 주고 입에 약 넣어 주고
이거라도 먹어 보라고 챙겨 주던 게
다 고맙고 감사해.

좀 더 살았으면 좋았을 텐데
그랬으면 여보라고도 부르고
사랑한다고도 했을 텐데,
그걸 못 해 아쉽네.

여보, 사랑해요.
그동안 너무 고맙고 감사해요.
다시 만날 수 있다면 시집 식구들은 말고
우리 둘이서만 다시 만나 또 그렇게 살고 싶어요.

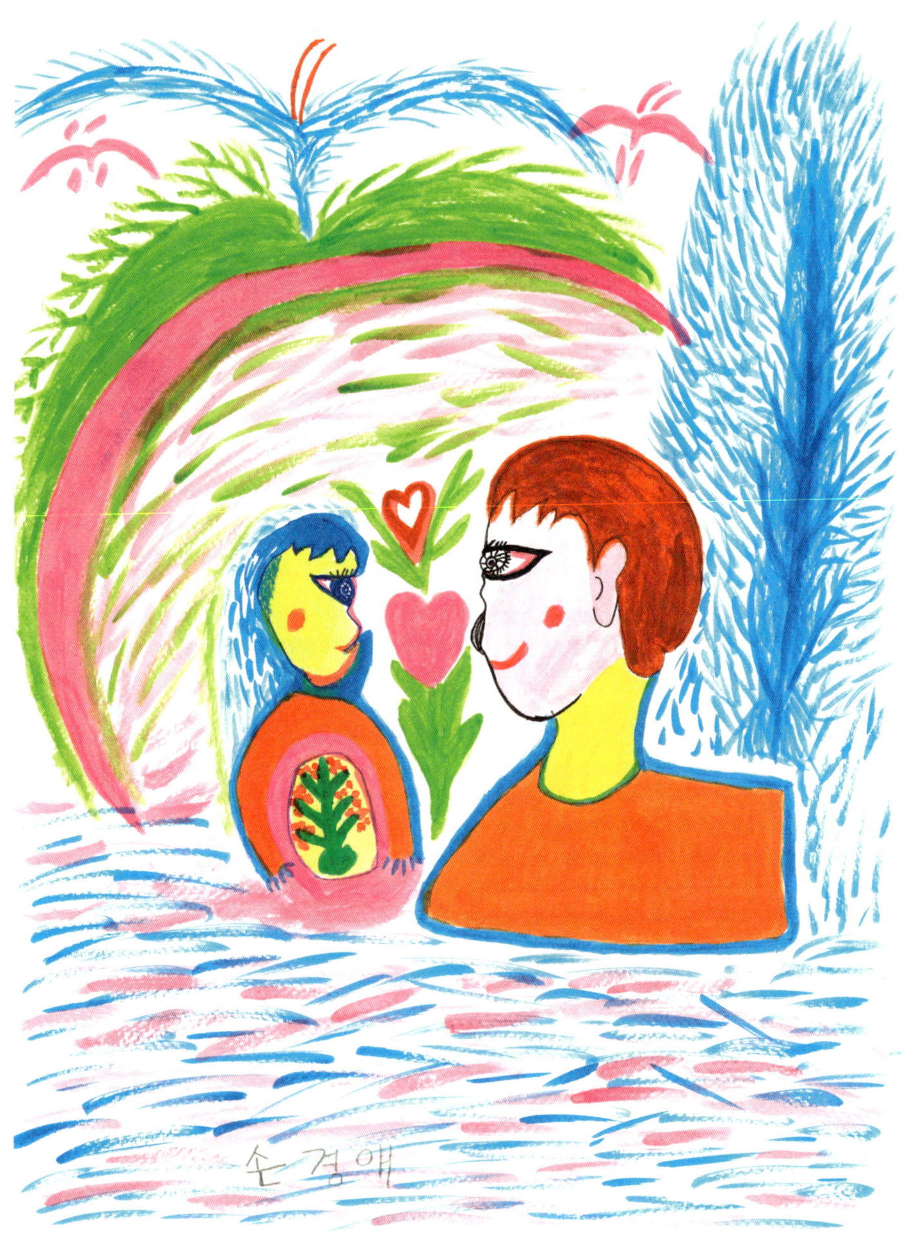

나는 선생님이 너무너무 고맙고 감사해요.
멍청이 같은 사람 데려다가 이름이라도 쓰게 해 주시고
좋은 것만 이야기해 주시고 해서
참 고맙다 맘속에 항상 남아 있어요.
지금도 전화하면 "경애 씨" 하고
다정하게 말해 주고 그래서 또 감사해요.

처음 글 배운다고 갈 때는 심장이 벌렁거려쌌어요.
이것이 뭘까 싶고, 가르쳐 주면 싹 알아야 되는데
이짝으로 쑥 빠져 나가고 하니 애가 터지고 했어요.
가르쳐 주시는데도 모르고 해서
선생님 속이 썩었을 텐데
그래도 웃으며 좋은 말로 괜찮다, 잘한다 해 줘서
마음이 편해지고 좋고 엄마 같고
나는 마냥 그랬어요.

그때 영어로 선생님이 뭔지 알려 주셨는데
내가 못 알아듣고 "선생님 뒤졌으요?" 해서
막 다 웃었는데 그게 뭔지 영 기억이 안 나요.
그래도 함께 웃던 추억이 남았어요.
몰라도 막 즐겁고 행복했어요.

선생님,
사랑합니다. 감사합니다.
덕분에 어디 가면 간판이라도 읽고 이름이라도 쓰게 됐어요.
핸드폰도 선생님이 가르쳐 주셔서 문자도 쓰고 그래요.
너무 감사합니다.
세상에 선생님 같은 분이 안 계십니다.

그때가 그냥 행복해 가지고
그때가 또 왔으면 싶어요.

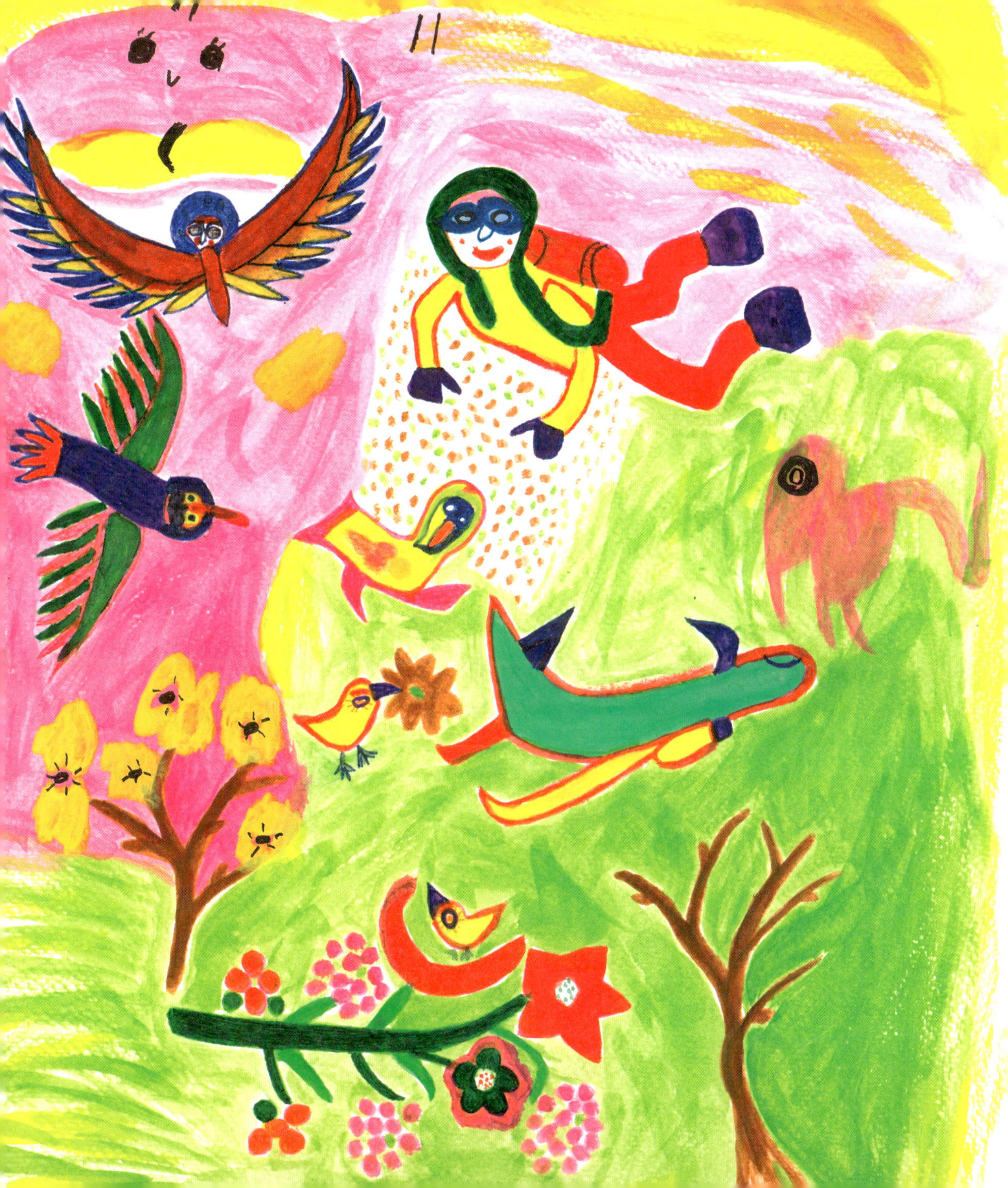

나양임

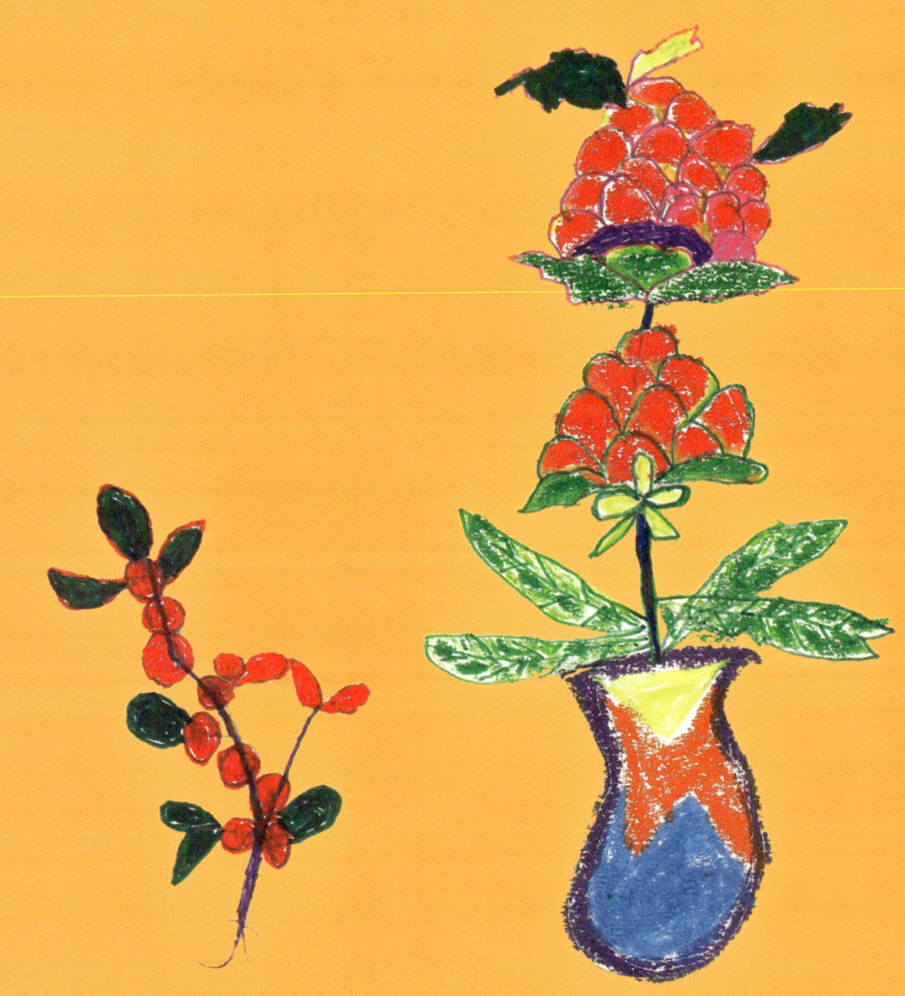

창용아,
네 결혼식에 마음은 가고 싶지만
서울까지는 내가 갈 수가 없다.
손주며느리 처음 같이 왔을 때부터
키도 크고 인물도 예쁘고 마음도 고와서 맘에 들었어.

네가 군대 막 제대하고
경찰 시험 보고 합격했을 때 참 기뻤다.
얼마 안 돼서 경찰 관두고
다른 데 시험 봐서 일한다 했을 때는 아깝기도 했다.
성실하고 깔끔하고 용한 네가
다른 사람한테 험하게 하는 건 안 맞나 싶어 짠했다.

결혼해서 서로 위하고 잘 살아라.
네가 잘해야 상대도 잘해 주고 식구들이 다 잘 지낸다.
서울 결혼식에 내가 가면 좋겠지만
둘이 예쁜 모습 보고 싶지만, 할머니는 못 가야.

집에 오면 그렇게 반갑게 "어머니" 하고
"전화 자주 못 해서 죄송해요" 나긋나긋하게 말해 주니 좋다.
살갑고 용돈도 자주 주고
딸 없는 내게 딸 같은 며느리다.

며느리가 딸 같고, 손녀딸도 다 잘하니 예뻐.
고맙고 고맙다.
말로라도 잘하니까 고맙고
미운 거 없고 정이 간다.

손녀딸은 장갑도 사 오고
자기가 하던 것도 벗어 주고 가고 그렇게 잘한다.
장학금 받았다고 할머니 용돈도 주고 너무 잘해.
제 엄마가 잘하니까 손녀딸도 엄마를 닮아서 그렇다.

스카프도 사다 주고
할머니 잠 잘 오라고 냄새 나는 것도 사다 줘서 고맙다.
근데 나는 냄새도 안 난다. 돈으로 주지, 뭣 하러.
그래도 할머니 뭐 사다 줄까 맨날 그래서
고맙고 고맙다.

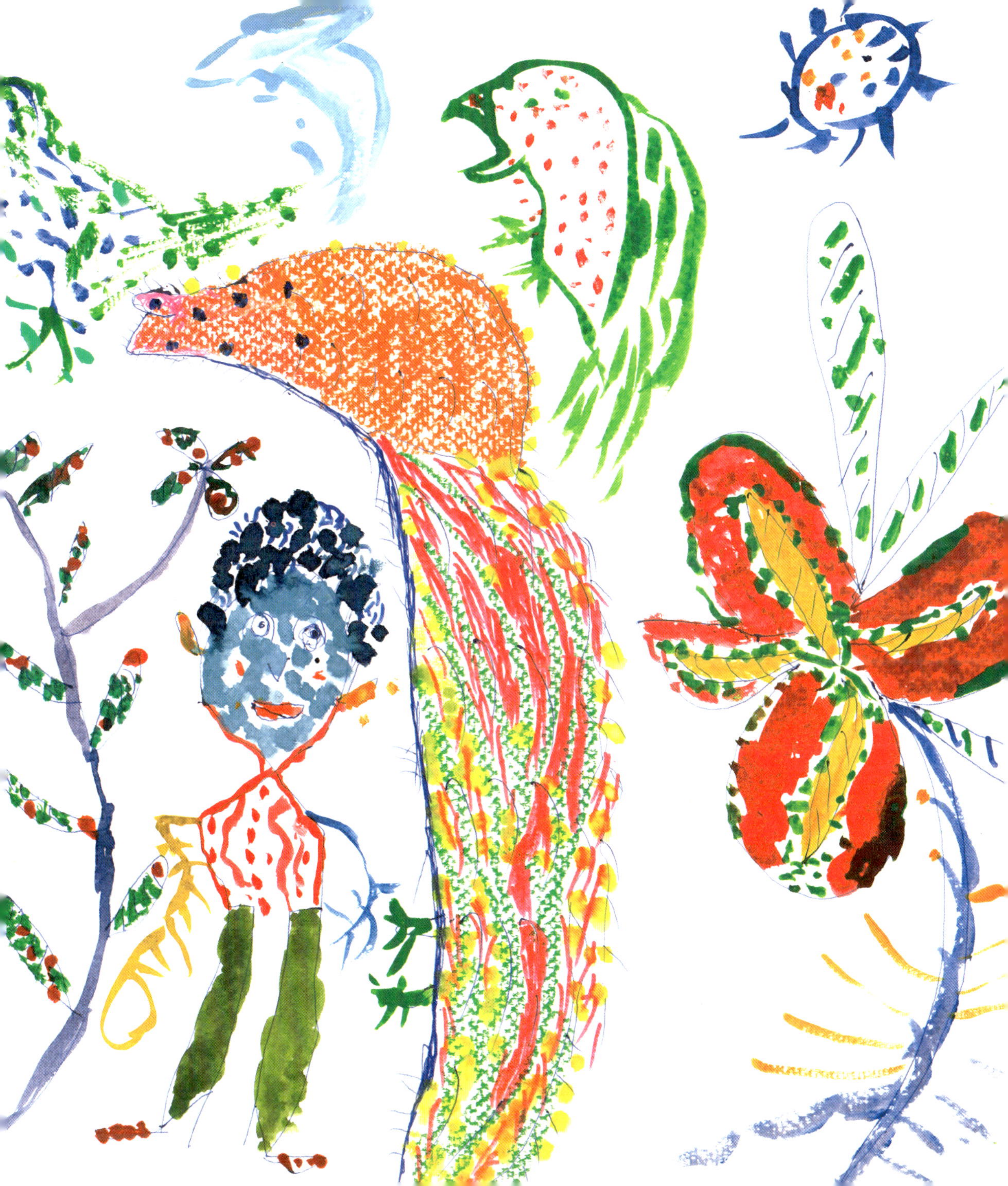

공부하고 싶다고 할 때
못 도와줘서 미안하다.
돈 쪼금만 보태 주면 미국 갈 수 있다고 했는데
그 돈 쪼금이 없어서 못해 주고 그런 게 참 짠하다.

밥도 제때 못 먹였는데
혼자 공부해서 아주대 붙고
혼자 돈 벌어서 졸업하더니
큰 회사 들어가고 잘 살아 주니 미안하고 고마웠다.

네가 그렇게 머리가 좋더니
나한테도 공부하라고 해서
한글도 배우고 공부하러 다녔다.

집에 올 때마다 책을 가지고 와서 읽어 보라고 했지.
내가 더듬더듬 읽어도
네가 천천히 하면 다 할 수 있다고 해 줘서
포기하지 않았다.

수발을 못 해 줘서 늘 짠했던 네가
나 공부하라 해 줘서 고맙다.

요즘에는 일한다고 가족들이랑 떨어져
대전에서 혼자 지내니 밥은 어떻게 먹나 짠하다.
"엄마, 나 나이가 이제 육십 됐소. 나 걱정 마소."
큰아들아, 네가 아무리 그렇게 말해도 난 걱정이다.
낮이나 밤이나 네가 걱정이다.
끼니 굶지 말고 목도리도 잘 하고 다녀라.
전화가 안 오면 걱정된다.
전화도 까먹지 말고 자주 해라.

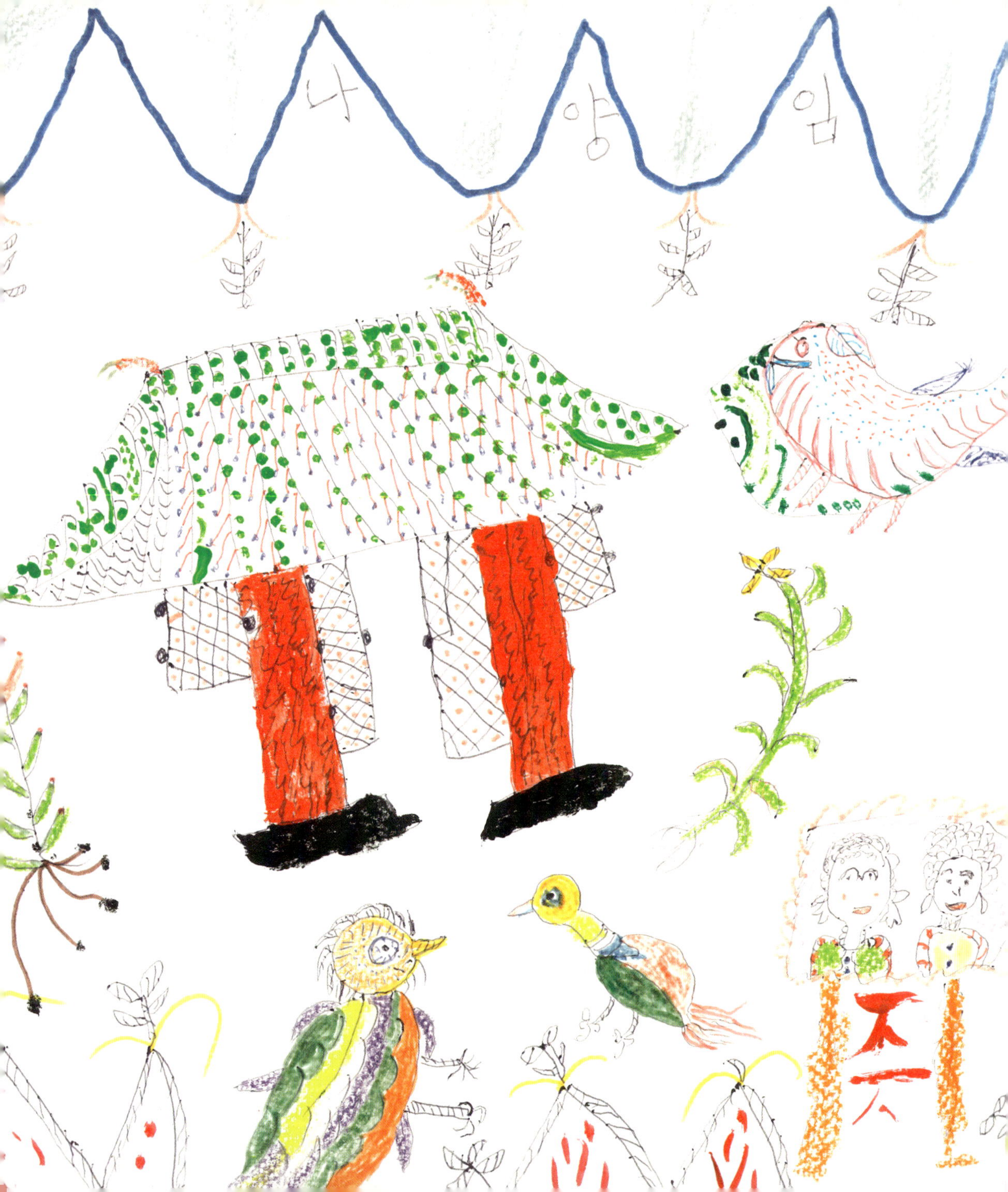
나
앙
임
ㅈ

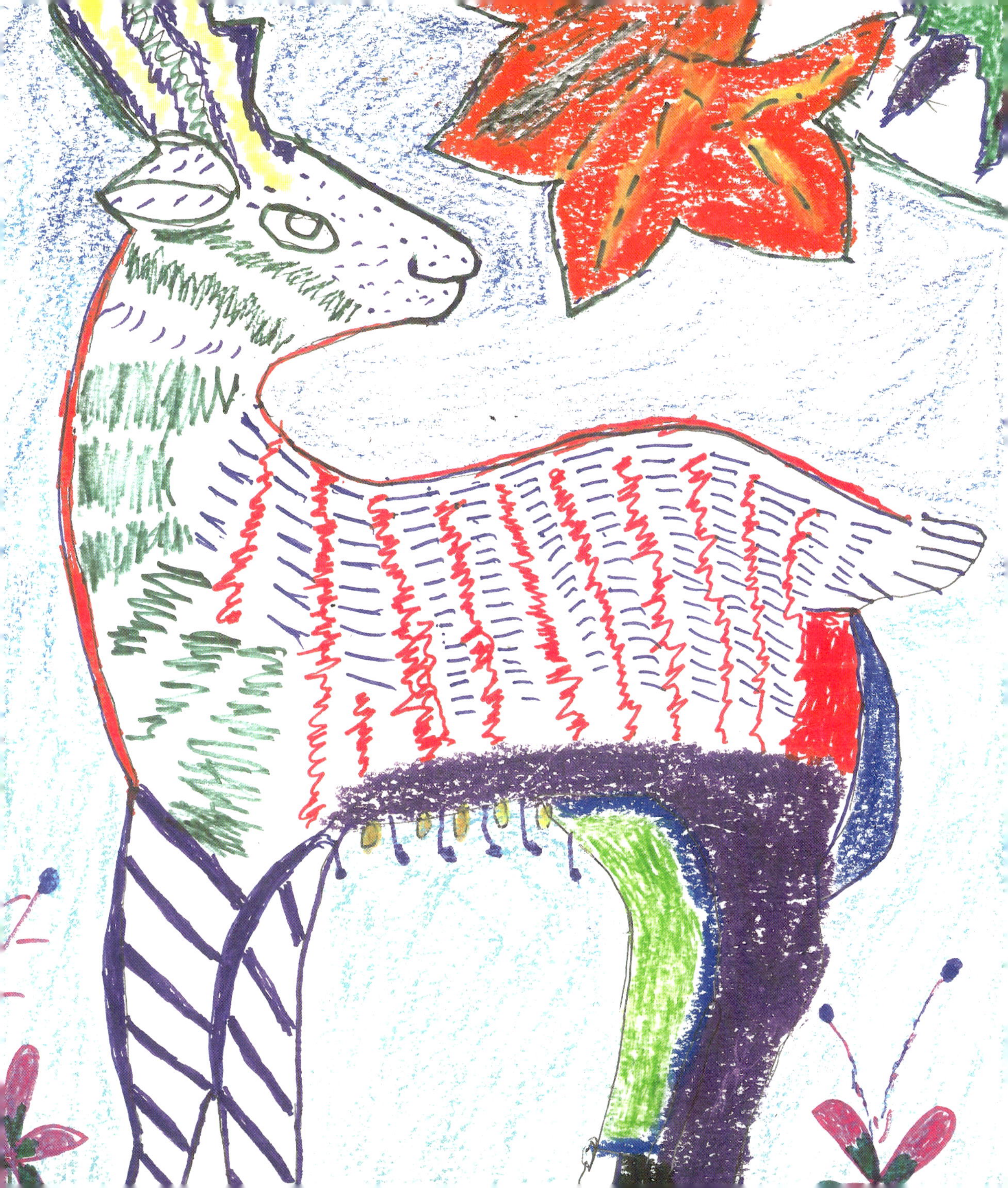

나 몸 아프고 힘드니
영감이 더 보고 싶고 생각나네.
어떻게 한 번 볼 수가 없나
어서 가서 만나리 하고 울다가
'나 좀 데려가, 나 좀 데려가' 그러기도 했소.

얼마 전에는 잠을 자다가 꿈에
영감이 역전 시장을 가라고 했지.
자고 일어나서 돈 조금 들고 역전으로 걸어서 갔어.
이사하고는 한 번도 가 본 적이 없어서 못 가겠다 싶었는데
꿈에 나와서 가 보라고 해서 그 김에 가 봤네.

꿈에서라도 보면 그렇게 반가운데
이리 오라고 하면 오지를 않고
말 한 마디 하면 없어져 버려.
그래도 꿈에서라도 보면 내가 참 좋아.
좋은 일도 생기고 먹을 것도 생기고 내 기분이 좋아.

젊어서는 어른들 모시고 시집살이 하느라
마음만 있었지 표현을 못 했어.
몰래 닭 잡아 소죽 끓일 때 삶아 주고
그 귀한 사과 사다가 반짇그릇에 넣어서
나 먹으라고 줬는데 어른들 무서워 안 넘어가더라고.
그때는 고기 한 점이랑 막걸리 한 모금이 먹고 싶은데 그걸 못 먹었어.
따뜻한 밥이라도 한 그릇 제대로 못 먹어 보고.

자식이고 뭐고 다 잘해도 남편이 제일이여.
하고 싶은 말 다른 사람은 안 받아 줘도 남편은 받아 줬어.
지금 살아 있다면 오만 말 다 해 주고 싶네.
어디 갔다 왔는지 물어도 봐 주고
고맙다고도 하고 싶네.

보고 싶소.

김 명 남

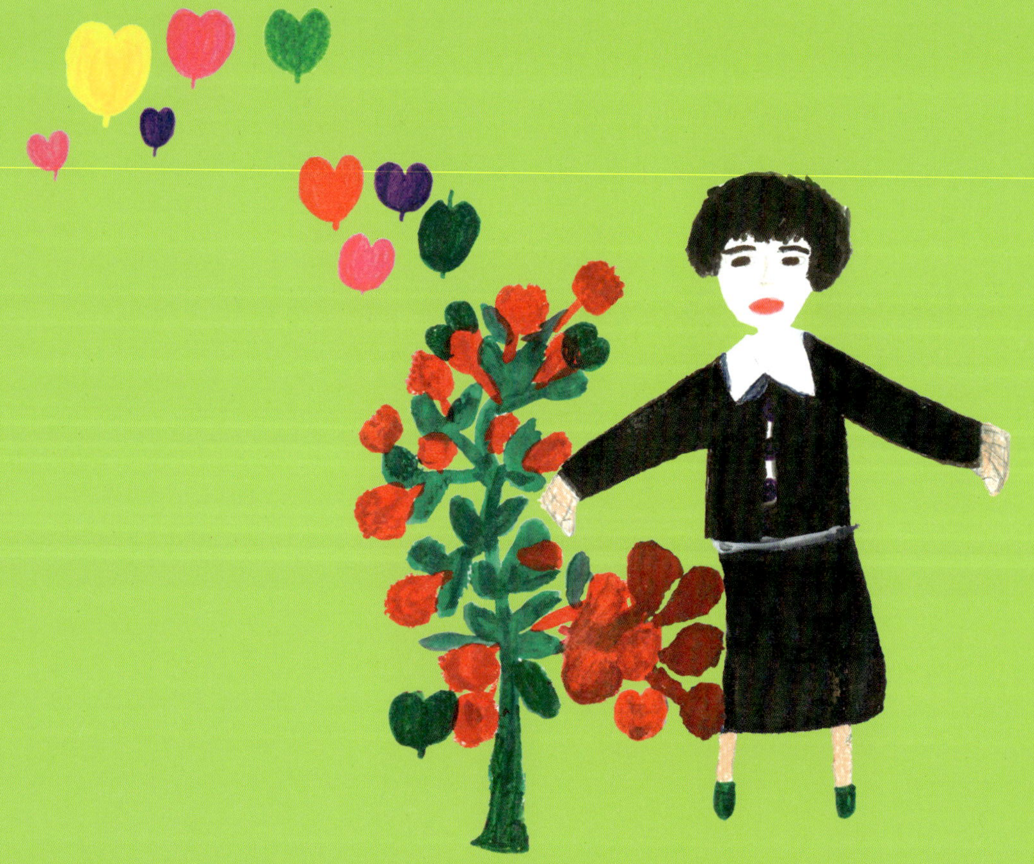

막내아들아

막내아들아 장가 좀 가라.
너만 생각하면 잠이 안 온다.

마흔 살 때만 해도
곧 결혼하겠지 하고 걱정을 안 했는데
네 나이가 쉰 줄에 접어드니 자다가도 벌떡 일어난다.
결혼 운이 막혔다고 해서
굿도 해 주고 나름대로 신경을 썼는데
지금까지 결혼할 생각을 안 하니 속이 썩는다.

일본에 유학 갔을 때
열심히 공부해서 교수가 되려고 했는데
엄마가 한국으로 나오라고 성화라 교수가 못 됐다고
나를 원망할 때는 마음이 아팠단다.
네 말처럼 교수가 됐으면
장가를 빨리 갔을지 모른다는 생각을 하면
미안하고 후회가 되더라.

막내아들아, 엄마 말 좀 들어주라.
너 혼자 나이 먹어 가는 게 정말 싫다.
하루빨리 결혼 좀 해라.
엄마 소원이다.

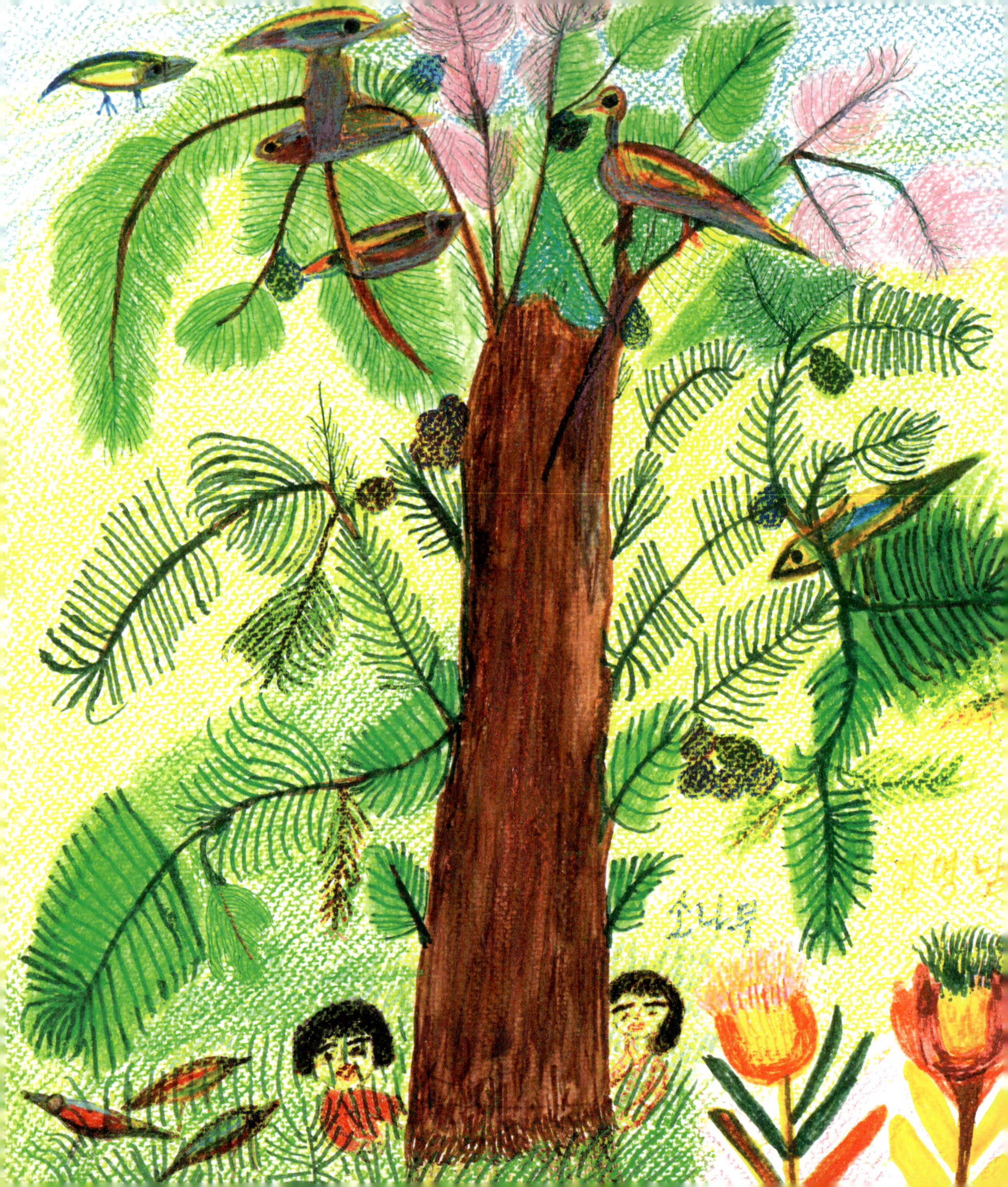

김 명 남

당신께

어린 나를 만나

철없이 굴던 나를 데리고 사느라 고생 많았네요.
우리가 같이 살았던 세월은 짧았지만
나를 정말 많이 사랑해줘서 고마웠어요.

당신이 너무 빨리 하늘나라로 가고
어린 아들 셋을 키울 때는 힘들어서 원망도 했지만
착한 당신이 너무 불쌍했어요.

다행히 아들들은 심성이 착한 당신을 닮아
잘 커주었고 모두 다 잘 살고 있어요.
당신도 보고 계시죠?

당신도 지금까지 살아 있다면
같이 여행도 다니고 내가 공부하는 것을
가장 많이 응원해주고 힘이 되어 주었을 텐데
당신이 없으니까 아쉬울 때가 많았어요.

이제는 나도 나이를 먹으니까
여기저기 아픈 곳도 많고
자식들에게 짐이 안 되고 싶은데
맘대로 잘 안돼서 걱정이네요

당신도 그곳에서 행복하게 살아요.

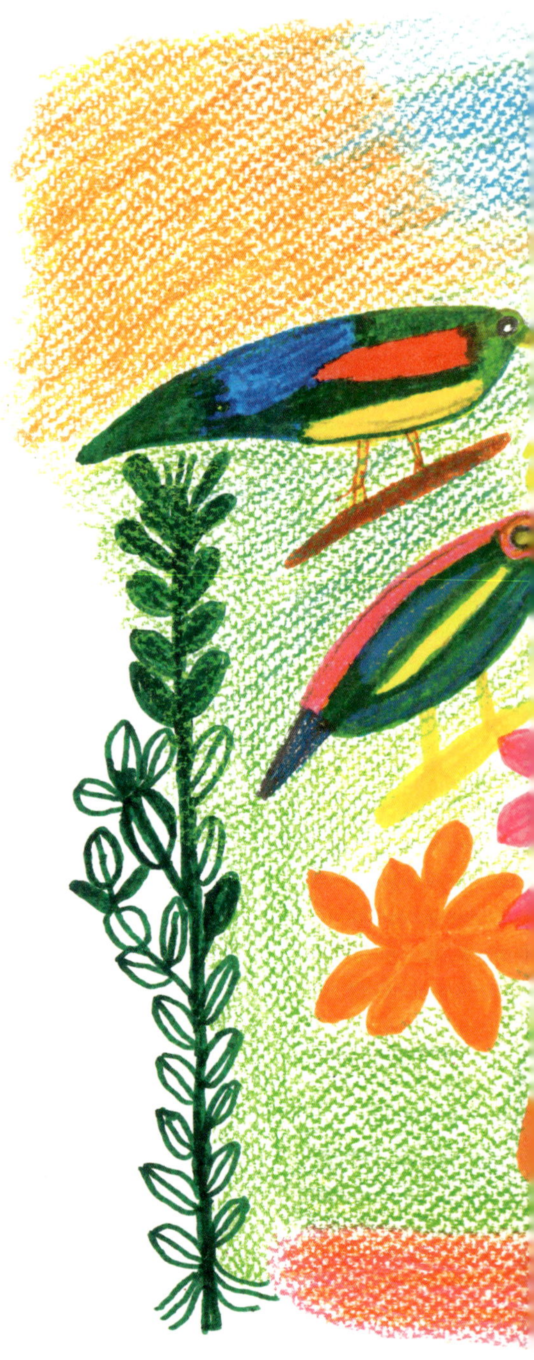

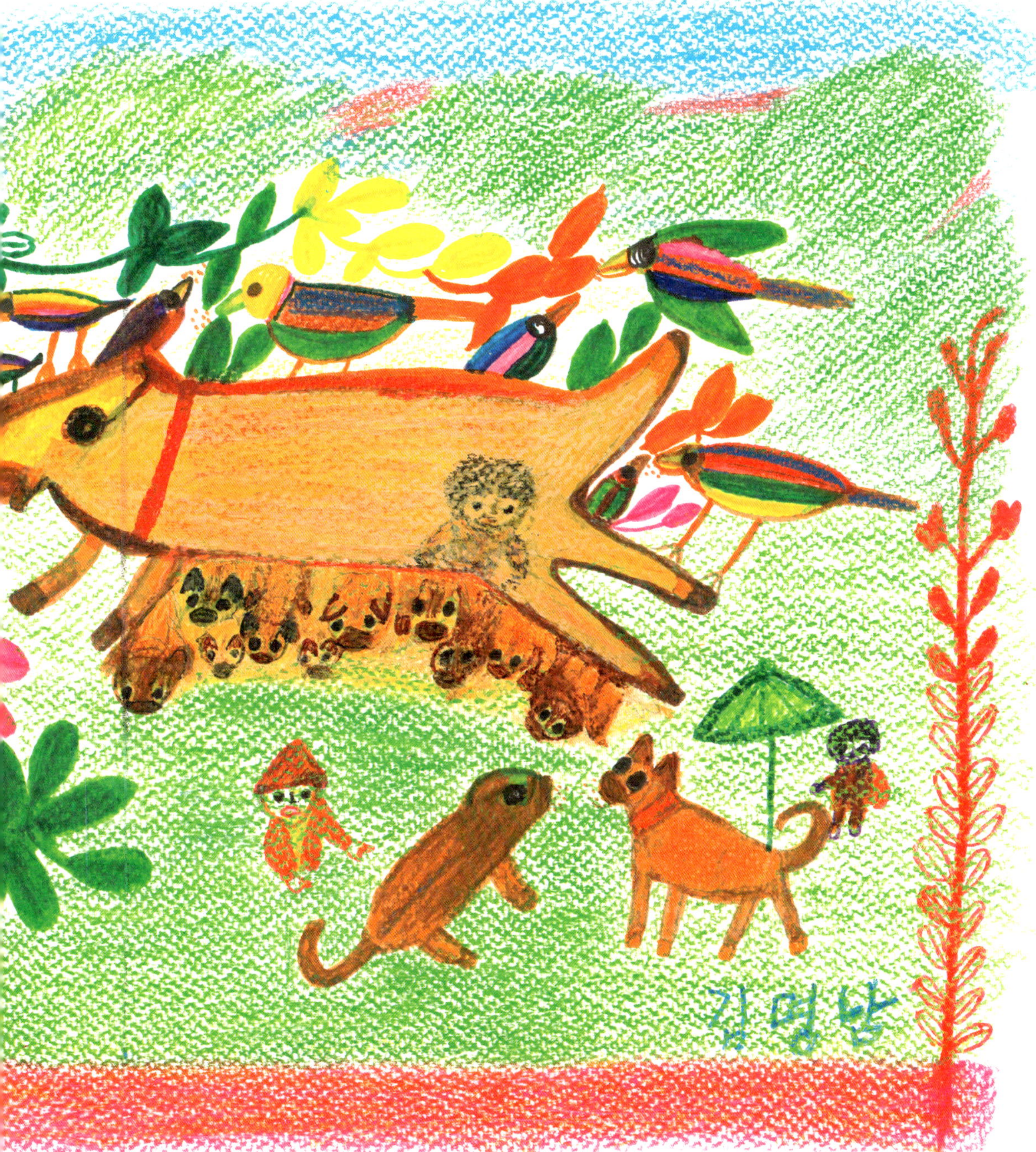
김 명남

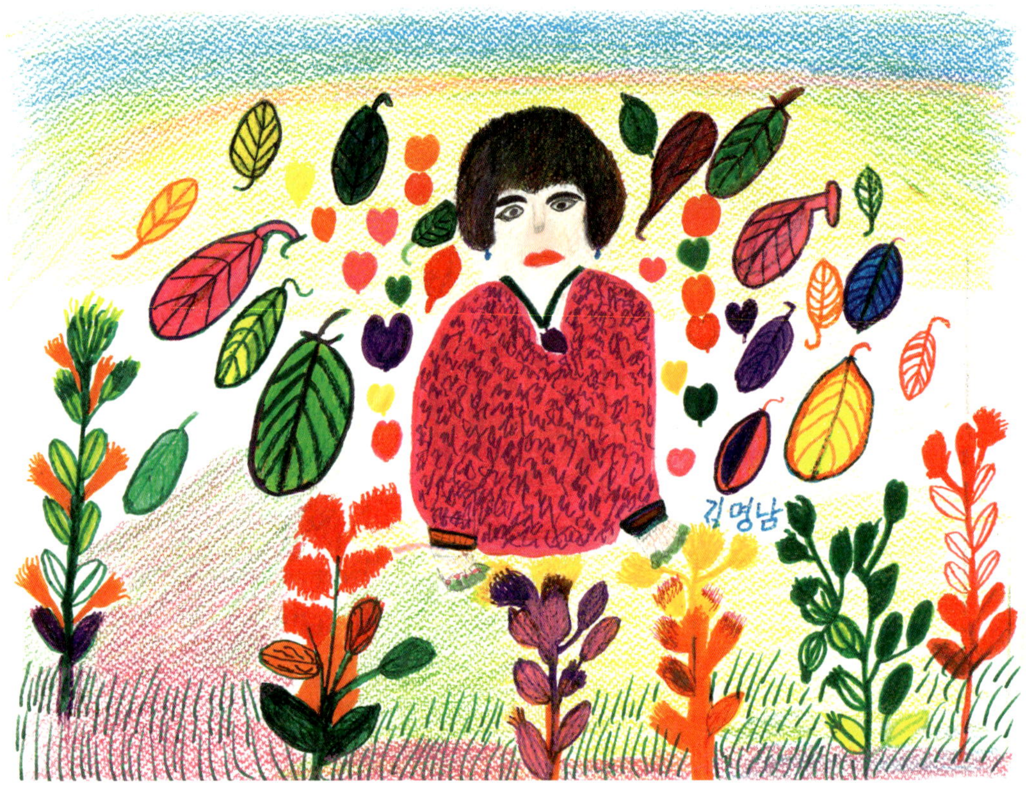

김 명남

원자야 그동안 연락 못해 미안하다.
코로나 땜시 꼼짝도 못 하고 3년이 지났다.

내가 식당을 할 때
이웃에 살면서 우리가 친구가 되었지.
어려울 때 돈을 빌려주고는
내 형편 어렵다고 돈을 다 받지도 않고
그때 얼마나 고마웠는지 눈물이 나더라.

내가 한옥집으로 이사를 했을 때도
무서워서 잠을 못 잔다고 하니까
같이 잠도 자 주고 너무 고마웠어.

너도 가게를 하면서 바쁜데
항상 나를 많이 생각해 주고 챙겨 주고
엄마처럼 돌봐 준 네가 평생 은인이야.
고마워 친구야 평생 잊지 않을게.

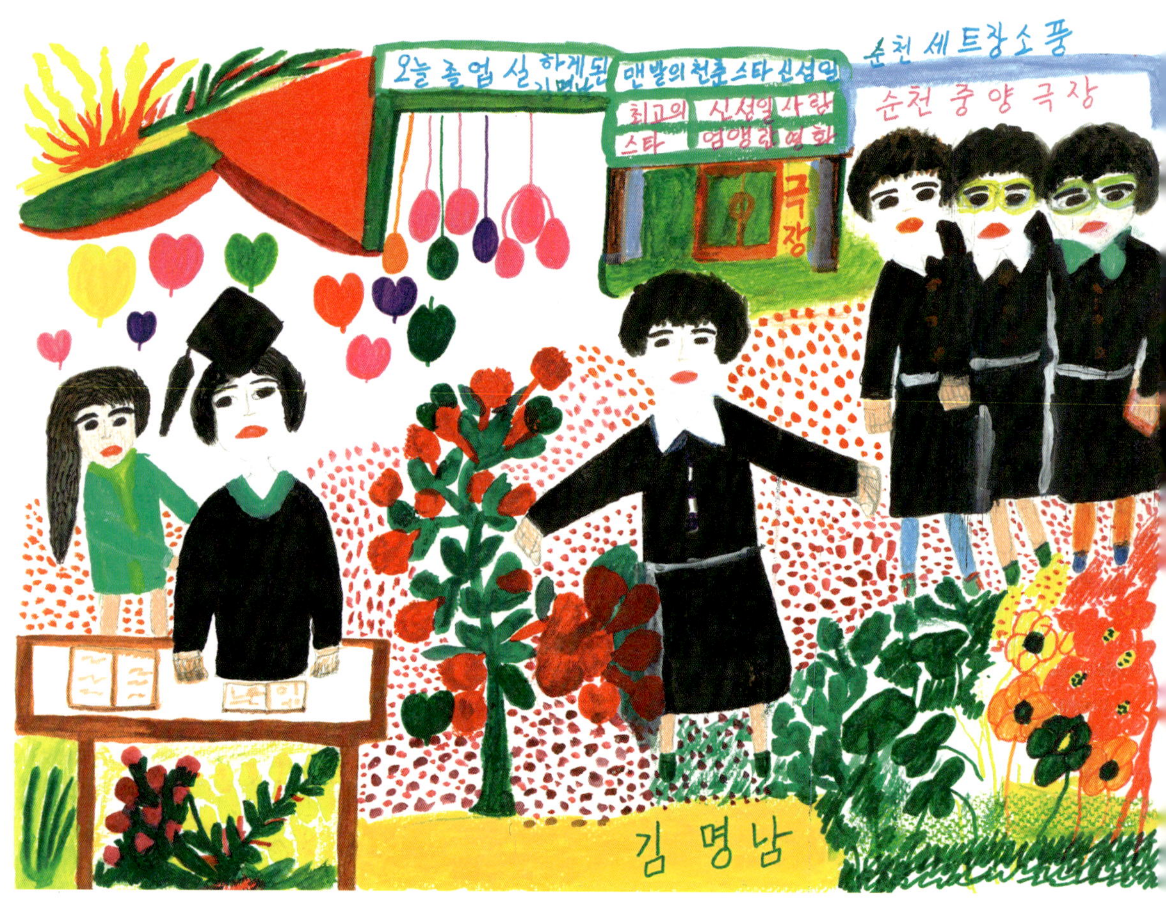
오늘 졸업 식 하게 된
맨발의 청춘 스타 신성일
최고의 신성일 사랑
스타 염앵란 영화
순천 세트장소풍
순천 중앙 극장
극장
김 명 남

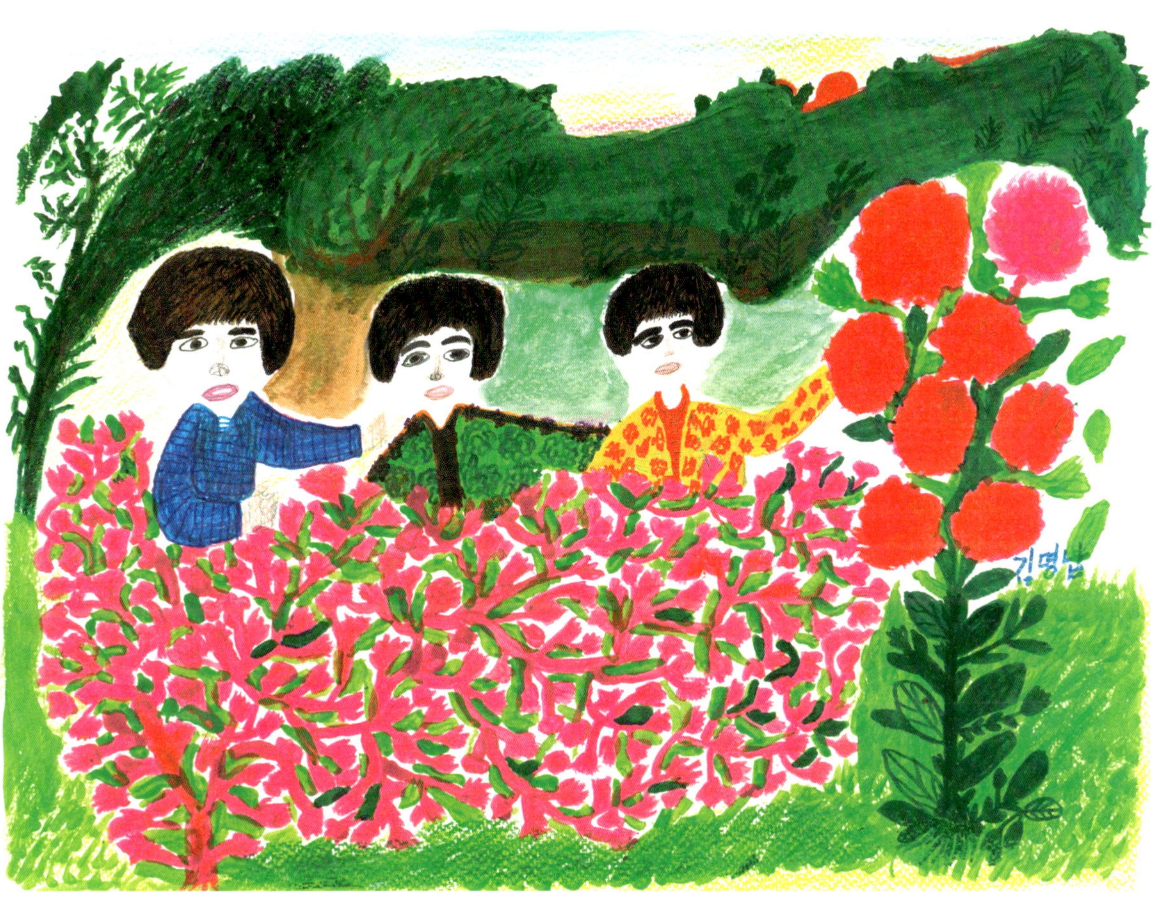

김 유 례

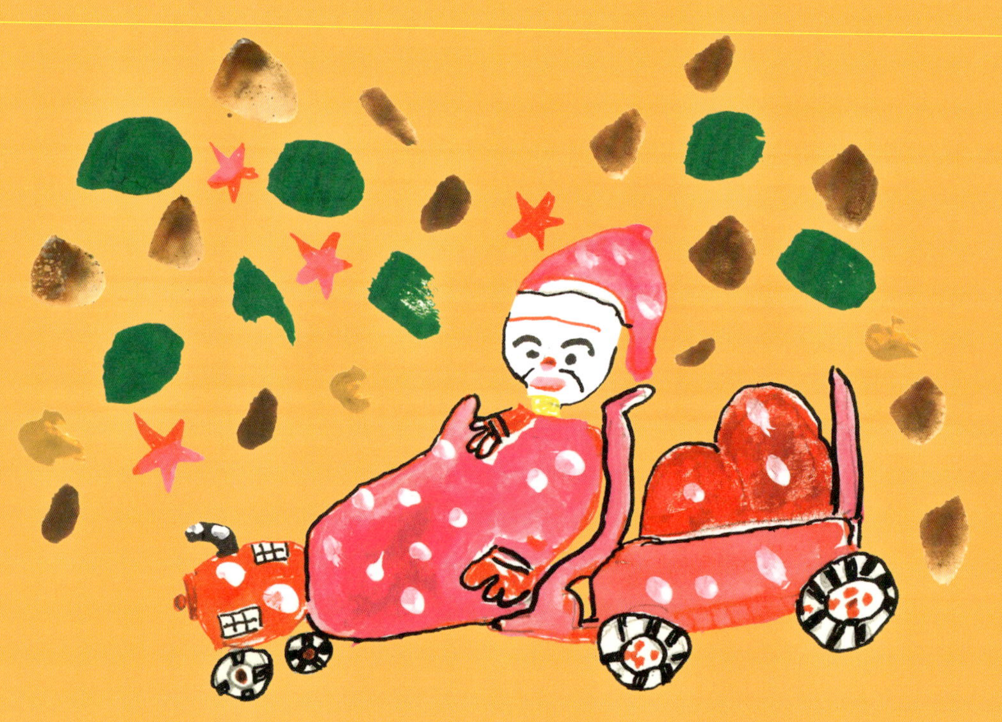

하 늘 에
계 신
엄 마 에 게

엄마 미안해요!
하늘에 계신 우리 엄마
엄마 엄마 불러도 대답이 없네요.

어릴 때는 철이 없어
아픈 엄마가 불러도 친구들하고 노는 게 좋아서
못 본척하고 도망갔어요.

엄마가 일찍 세상을 떠나고 나서야
엄마의 소중함을 알게 됐어요.
엄마 너무 보고 싶고 그리워요.

엄마 죄송해요.
다음 생에 만나면 도망가지 않을게요.
하늘나라에서 꼭 만나요.
엄마 사랑해요.

순덕아!
이젠 우리도 호호 할머니가 되어가지만
마음은 늘 어렸을 때나 똑같은 것 같아.

고무줄놀이하며 말다툼도 하고
숨바꼭질한다고 짚더미 속에 숨어 잠들었던 일
흙바닥에 앉아 돌 집기 놀이 했던 일 등
참 재미난 일도 많았지.

흙 범벅으로 집에 들어가서
엄마한테 야단을 맞아도 마냥 즐거웠지.
그때가 가장 좋았던 것 같아.

나이 들어서도 우리가 가끔 만나면
그때 이야기로 밤을 새곤 했지.
나는 어린 시절로 돌아간 것 같아 너무 좋더라.

순덕아 내가 바라는 건
항상 건강하고 행복하게 살았으면 좋겠어.
그럼 우리 또 만나자.

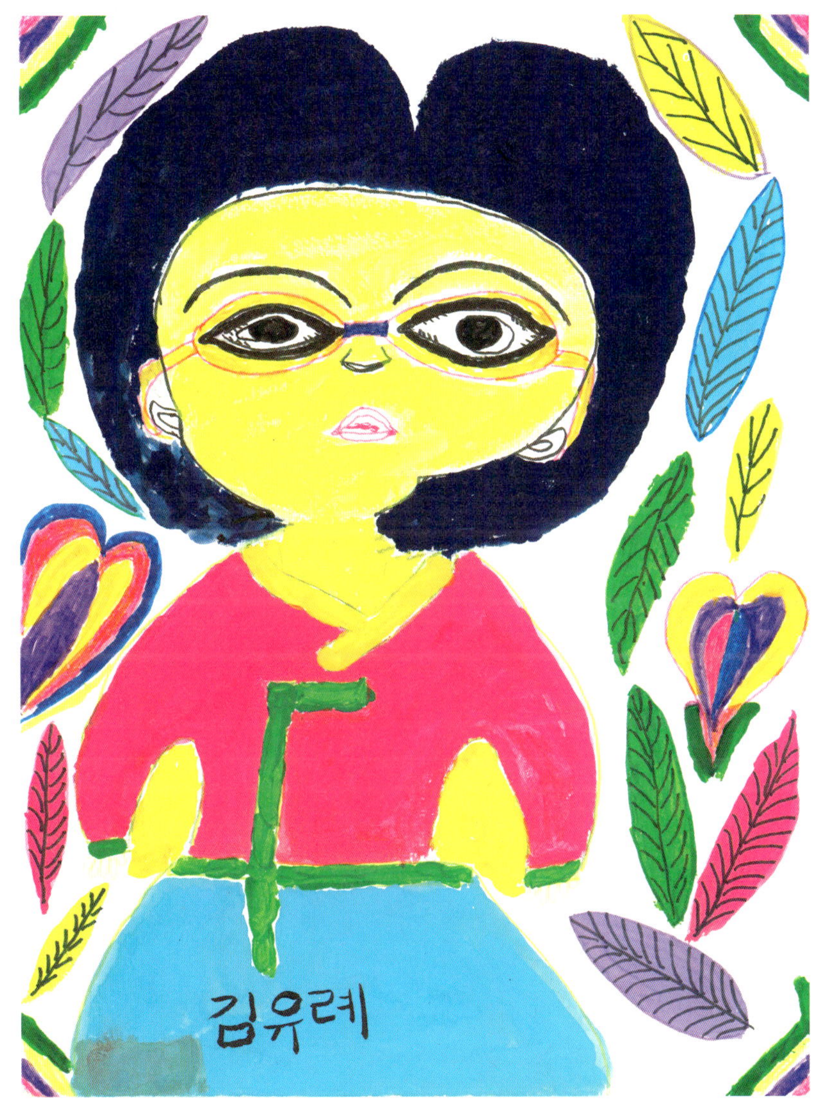
김유례

아들아 고맙고 미안하다.
엄마가 몸이 약하고 건강하지 못하니까
너희들에게 걱정을 끼치는 것 같다.

촌에서 살다 보니
몸이 아파도 쉴 수가 없구나!

될 수 있으면 너희들이 걱정 안 하게
일도 줄이고 또 다치지 않게 조심할게.

엄마는 너희들에게
풍족하게 해 주지 못했던 것이 늘 미안한데
너희들은 원망도 안 하고 두 형제가 사이좋게 지내니까
무엇보다 기쁘고 든든하단다.

앞으로도 지금처럼 우애 있게 잘 지내고
결혼해서 아들 딸 낳고 행복하게 살면
더 이상 바랄 게 없단다.
아들아 사랑해!

우리가 혼자되어 살다
늦은 나이에 새로운 인연으로 만났지요.

나는 당신한테 잘해 준 것도 없는데
당신은 우리 두 아들에게 친아빠처럼
진심으로 잘해 줘서 정말 고마워요.

늘 따뜻하고 든든한 당신 덕분에
힘들었던 지난 세월을 보상받는 기분입니다.
고맙습니다.

나도 당신을 위해
죽는 날까지 최선을 다하고 싶네요.
건강하게 오래오래 함께 살아 봅시다.

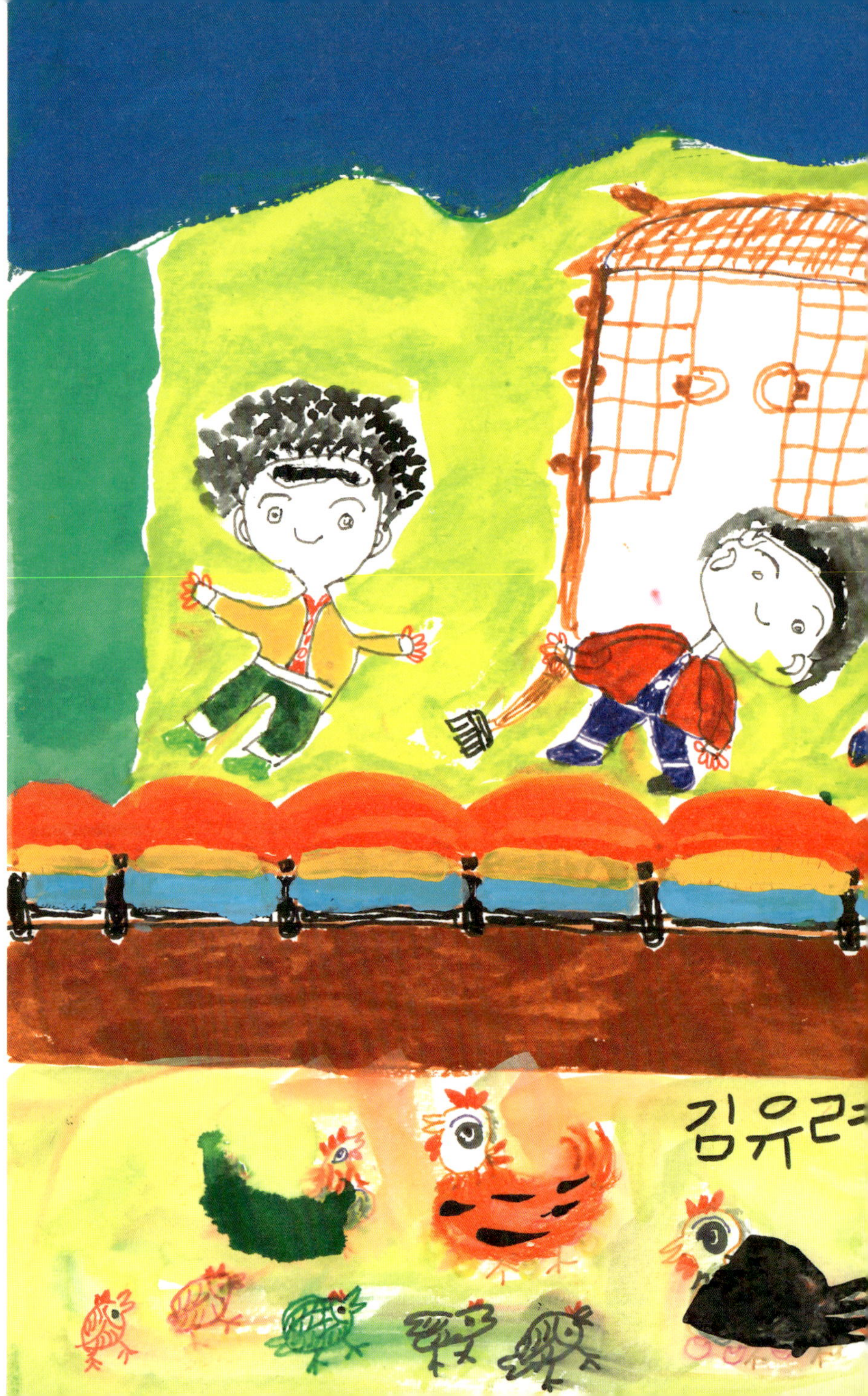
김유라

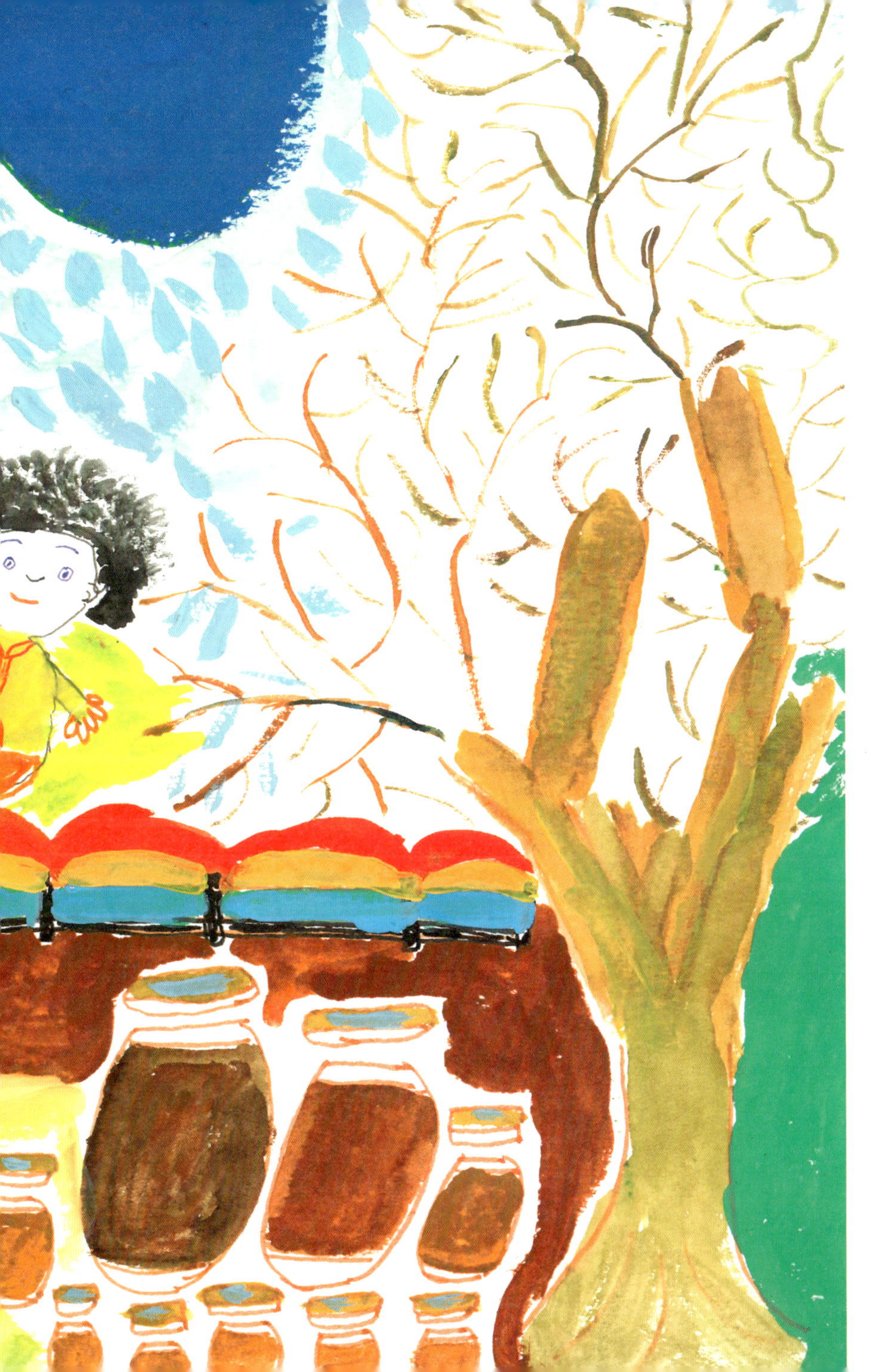

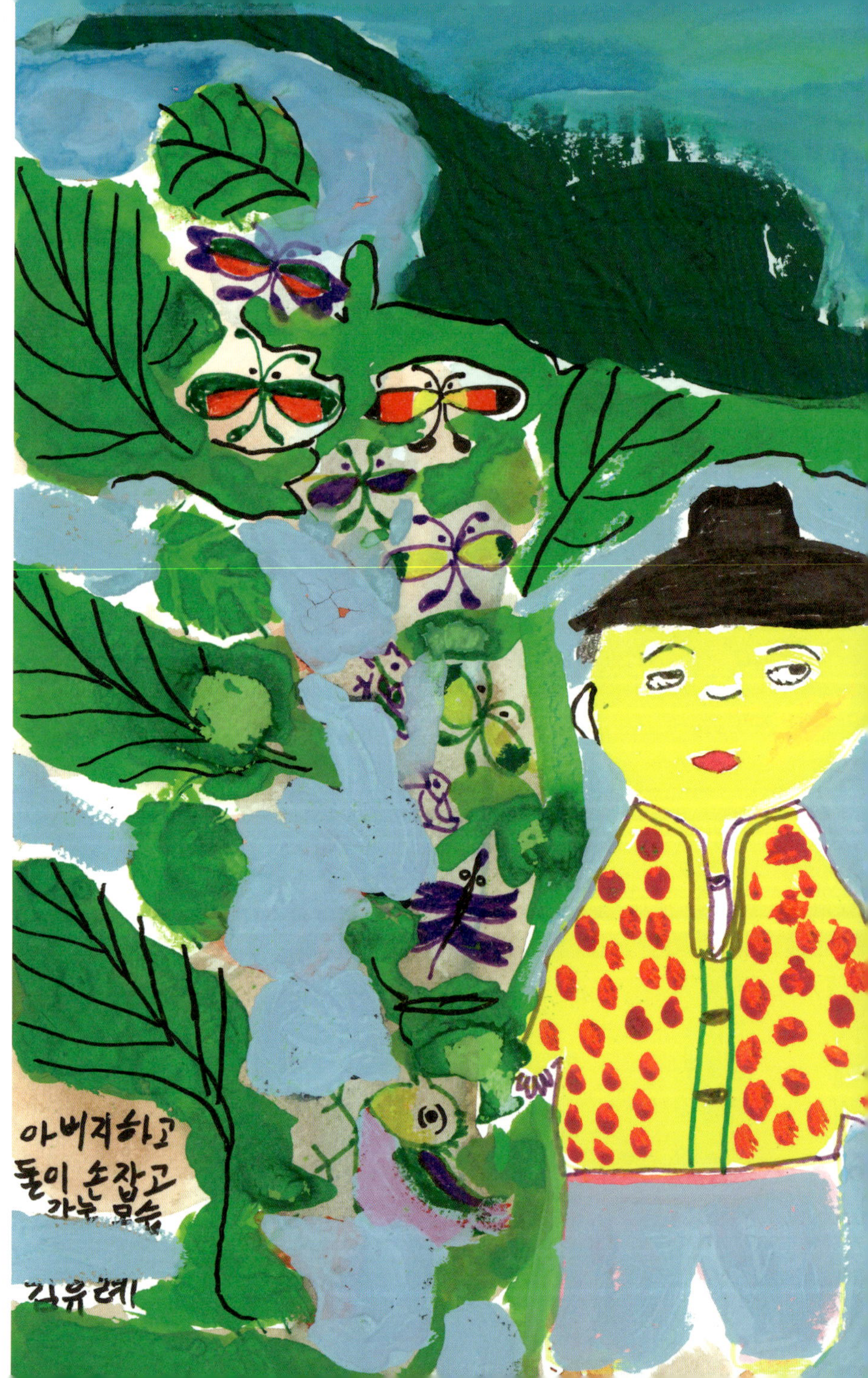

아버지하고
둘이 손잡고
가는 모습
김유례

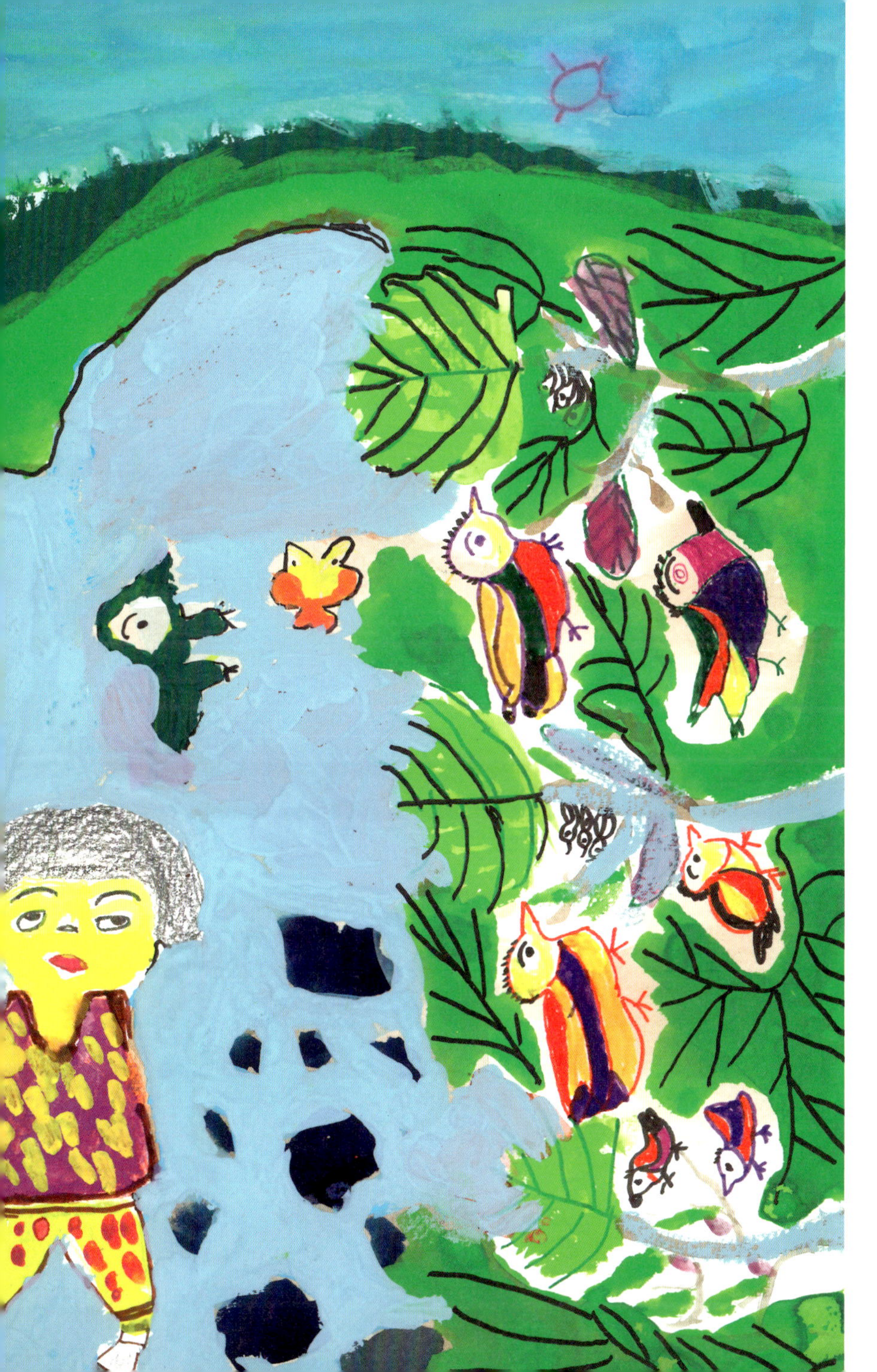

김유례

가장 행복했던 성탄절

먹을 것이 귀하던 어린 시절
성탄절 날이 되면
친구들하고 교회로 갔다
우리들은 창밖에서 벌벌 떨며
목사님 기도가 끝나기를 기다렸다
목사님은 예배가 끝나자마자
우리를 안으로 들어오라고 했다

그리고 과자, 사탕, 떡을 나눠주셨다
정말 귀한 선물이었다

우리는 설날같이 행복했다
지금도 성탄절이 되면
그대를 잊을 수가 없다

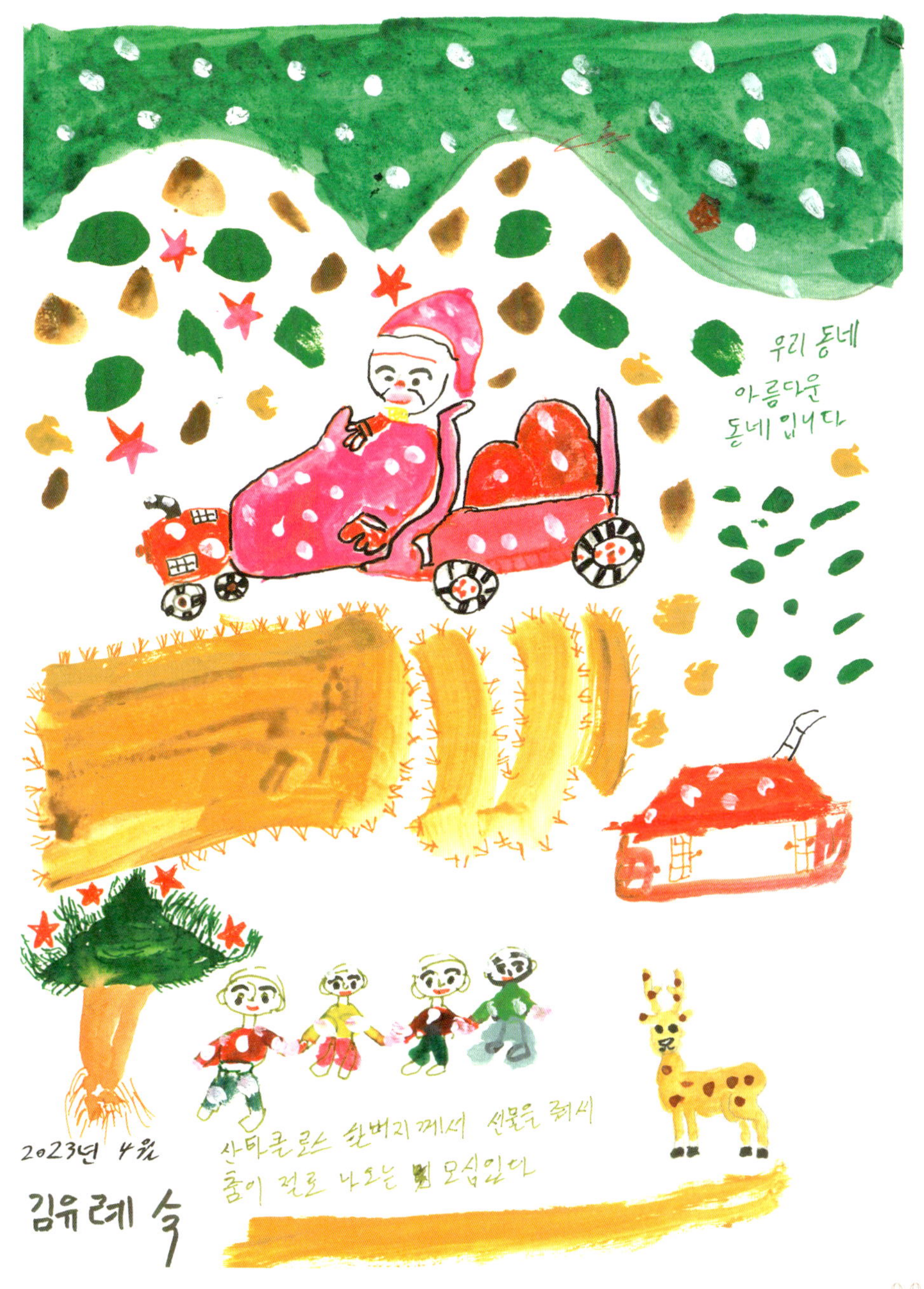
우리 동네
아름다운
동네 입니다
2023년 4월
김유레 슥
산타클로스 할버지께서 선물을 러서
줄이 절로 나오는 모심입다

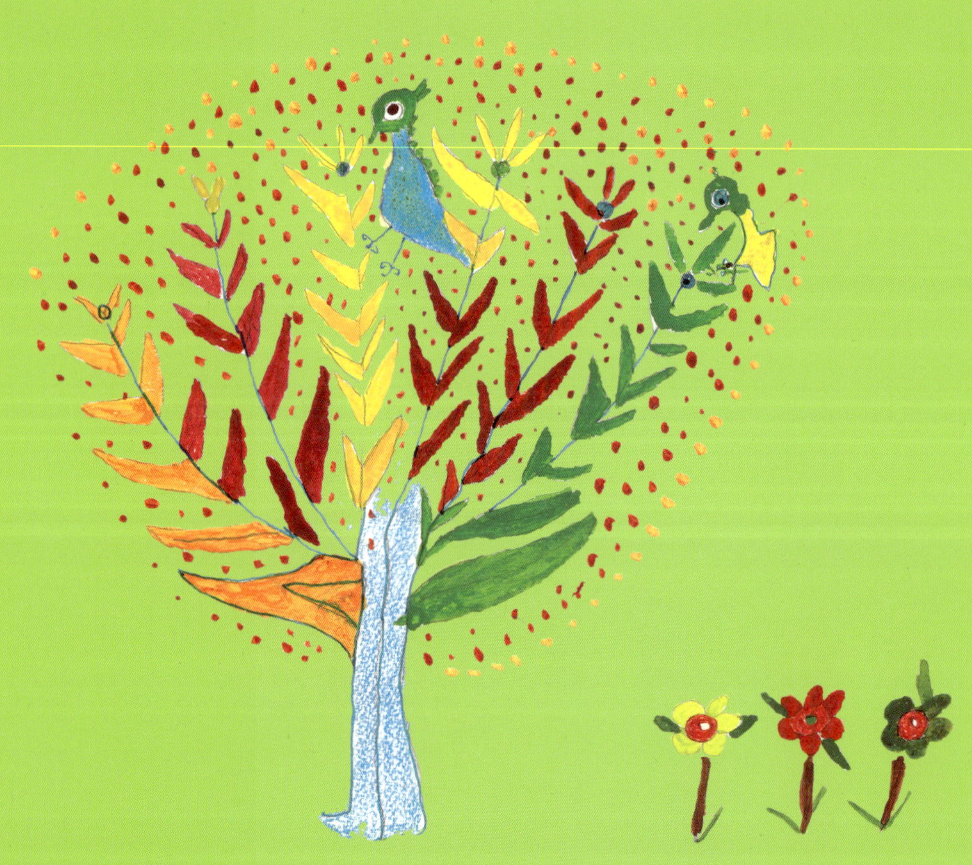

김 영 분

사대독자 집안에
어머니가 아들 셋을 낳았는데 모두 죽자
점쟁이에게 이 집은 딸이 태어나야
그다음 아들이 살 수 있다는 말을 들었습니다.
나를 임신하자마자 할머니는 딸을 낳게 해 달라고
아홉 달을 빌었다고 했습니다.

내가 태어나자 할머니는 너무 좋아서
쌀 한 가마니를 주고 영분이란 이름도 지어 주시고
할머니 품에서 키웠습니다.
그리고 남동생이 태어나자 더 많은 사랑을 주셨습니다.

그런데 여자가 글을 많이 배우면
팔자가 세다고 학교를 못 가게 했습니다.
나는 할머니가 너무 밉고 싫었습니다.
할머니가 돌아가신 후에도 원망하며
제사도 지내지 말라고 심술을 부렸습니다.

할머니!
철없던 영분이가 다 늙어 용서를 빕니다.
미워해서 정말 죄송합니다.
다음 생에 만나면 효도할게요.

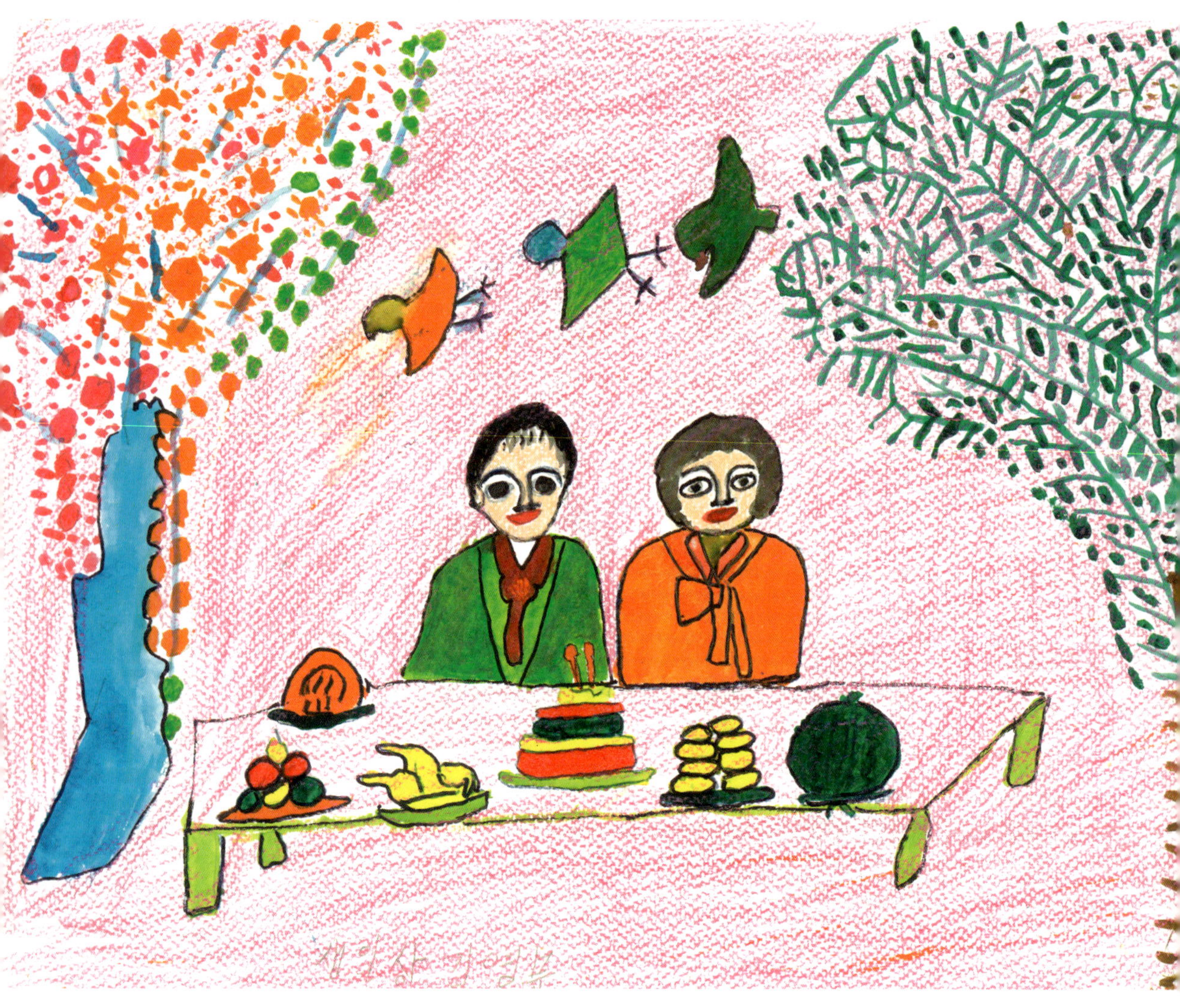

당신은 참 고마운 사람이었소.
하루 종일 힘든 일을 하고 와서도
나 힘들다고 애기도 봐주고 설거지도 해 주고
나를 많이 아껴 주었지요.

결혼해서 얼마 안 돼
당신은 천식으로 몸이 많이 아프면서도
가난해서 돈 벌러 나갈 때는 너무 짠했어요.
당신은 내가 좋은 약을 많이 해 줘서
일흔두 살까지 오래 살았다고 늘 고마워했지만
나도 당신한테 고마운 게 참 많아요.

평생 나를 지켜 줄 것 같은 당신이
하늘나라로 떠났을 때는 너무 슬퍼서
우울증까지 오고 정말 많이 힘들었어요.
지금도 당신이 살아 있는 것처럼
날마다 사진을 보고 이야기하고
연금이 나올 때마다 고맙다고 인사를 하네요.

당신 덕분에 자식들한테 손 벌리지 않고 사니까
무엇보다 좋아요. 정말 고마워요.
다음 생에 만나면 더 잘해 줄게요.

둘째 딸아
미안해

너는 공부하는 것을 참 좋아했지.
학교 다닐 때 공부도 잘하고 대학에 가고 싶어 했는데
못 보내 줘서 미안했다.

엄마가 못 배운 것이 한이 돼서
너희들만은 원 없이 가르치고 싶었는데
그때는 우리 형편이 어려워서
딸보다 아들들에게 신경을 썼던 건 사실이야.

그래도 너는 끝까지 포기하지 않고
혼자 힘으로 벌어서 대학도 가고 대학원도 가고
한문 선생이 되는 걸 보며 정말 장하고 기특했다.

엄마도 글을 배우면서 힘들 때마다
너를 많이 생각하며 힘을 냈단다.

딸아, 너는 엄마가 밉지도 않은지
내가 공부하는 것을 가장 많이 응원해 주고
치매 걸릴까 봐 책도 사서 보내 주고
전화도 자주 해 주고 고맙게 잘하니까
더 미안한 생각이 든다.

희자야, 너무너무 고맙고 사랑한다.

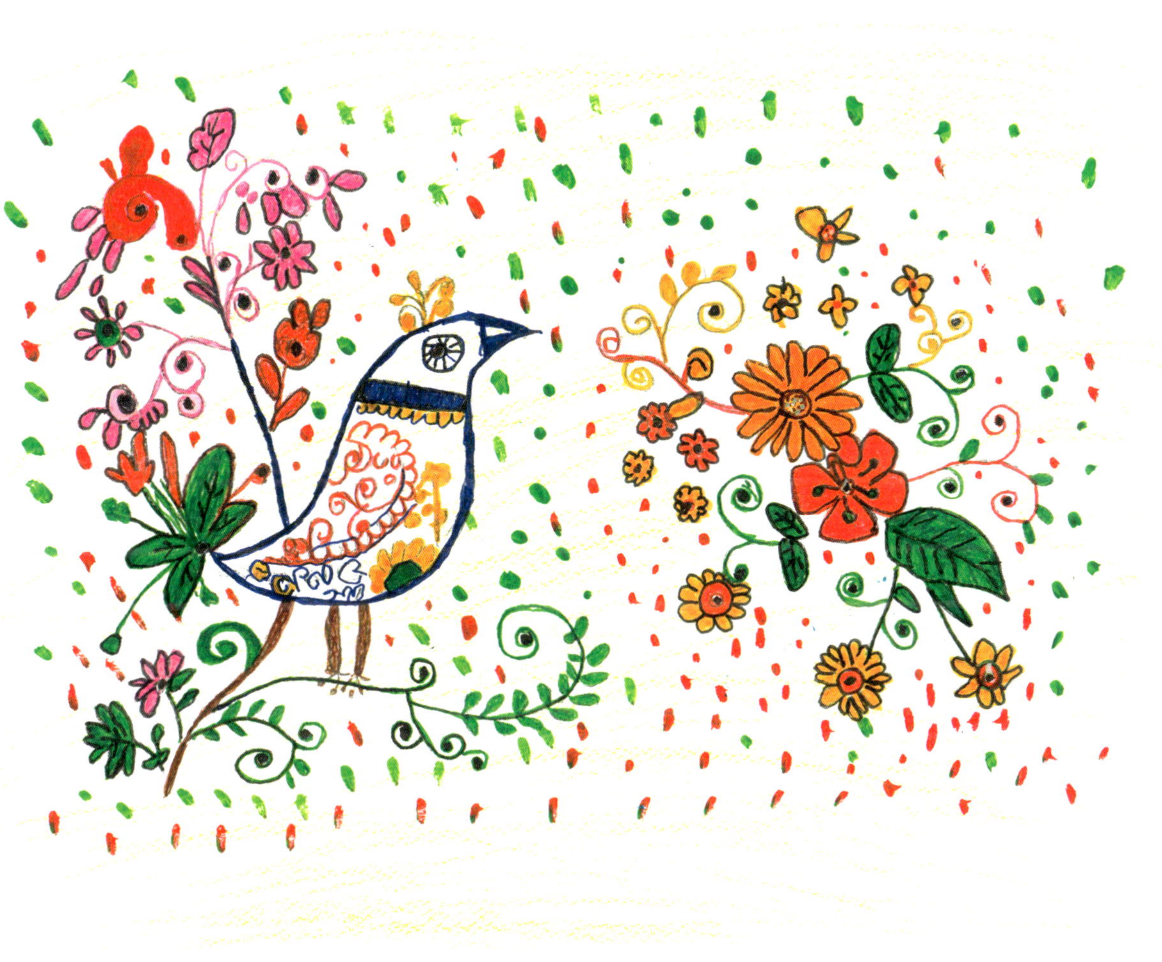

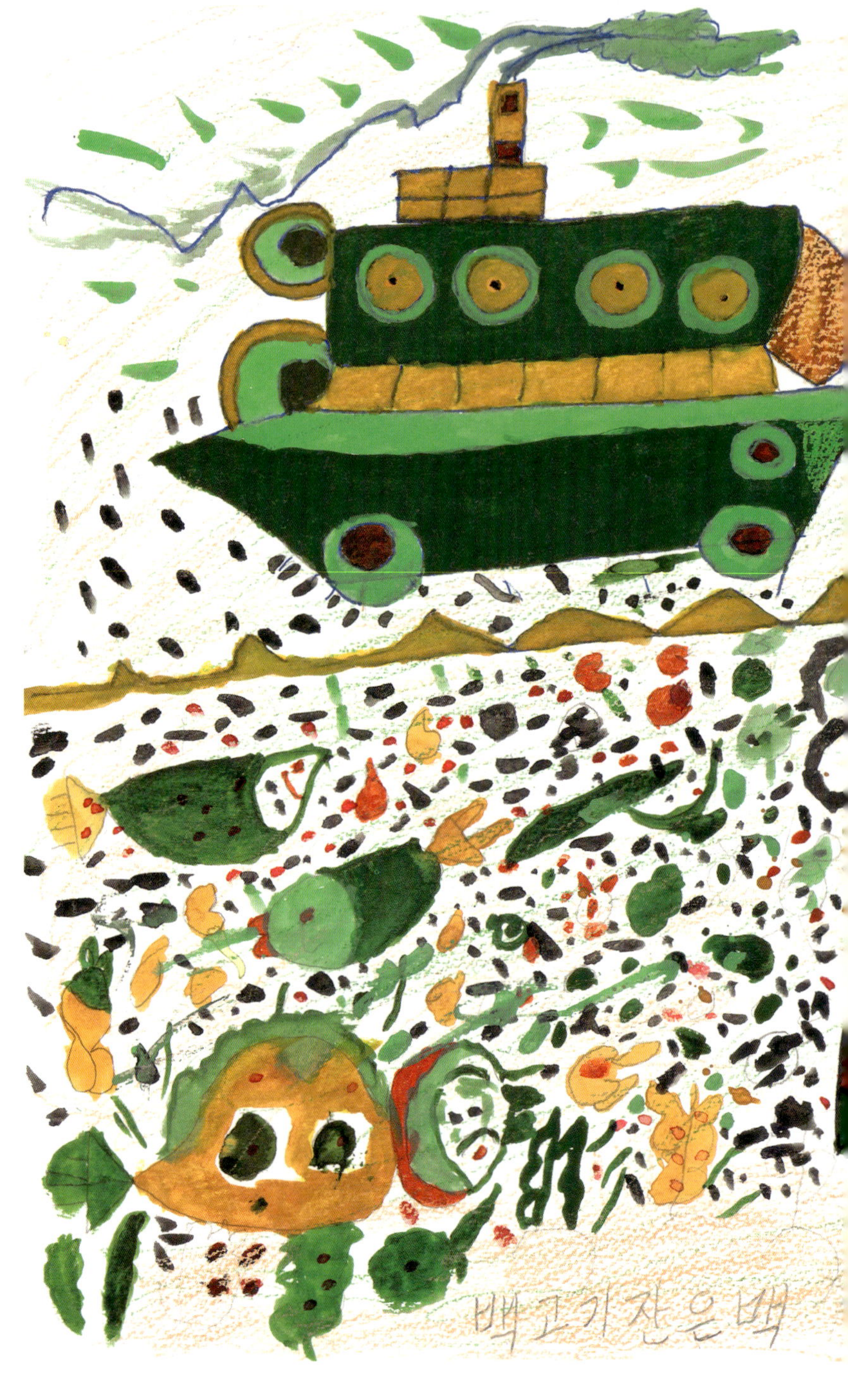
백고기가잔은배

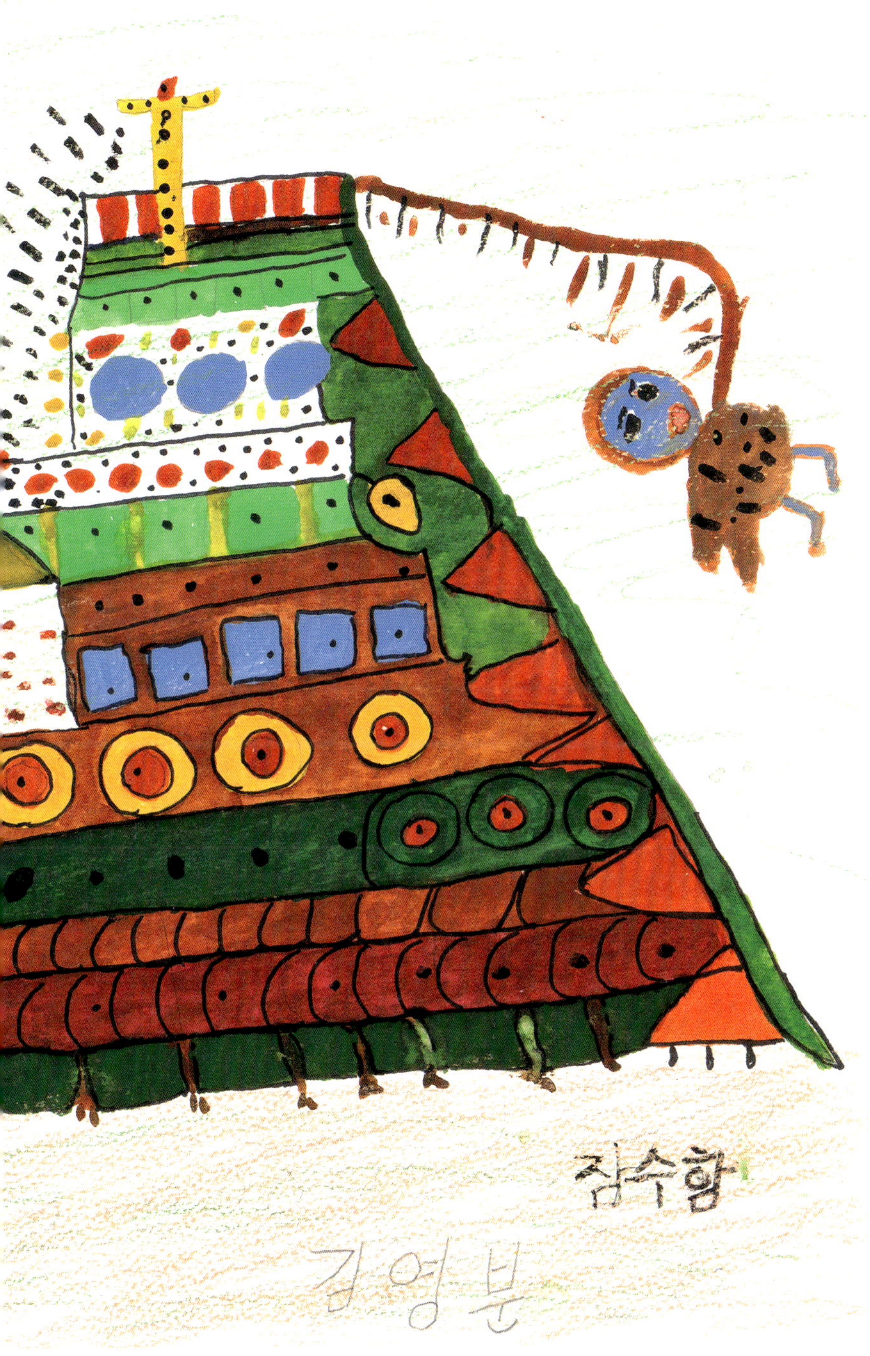
잠수함
김영분

어느 날 스님이 대문 앞에서 목탁을 두드렸다.
나는 스님에게 아무것도 드릴 것이 없다고 말하고
아들이 둘 있는데 오늘 아침도 끼니가 없어서
죽도 못 끓여 먹였다고 했다.
그리고 큰아들이 네 살이 되도록 말을 못 해 걱정이라고 했다.

스님은 큰아들에게 "아" 해 보라 하고 여기저기 살피고
손가락을 접으며 한참을 중얼중얼 하더니
큰아들은 말을 할 테니 걱정 말라고 했다.
그리고 우리가 불쌍하다고 돈을 주고 가셨다.
나는 너무 고마워서 눈이 퉁퉁 붓도록 울었다.

어느 날 스님 말처럼
큰아들은 말도 잘하고 건강하게 잘 커 주었다.

나는 스님에게 감사 인사를 드리고 싶었지만
이름도 사는 곳도 몰라 찾을 수가 없었다.
그래서 절에 가서 불공을 드릴 때마다
그 스님을 위해 감사 기도를 올린다.

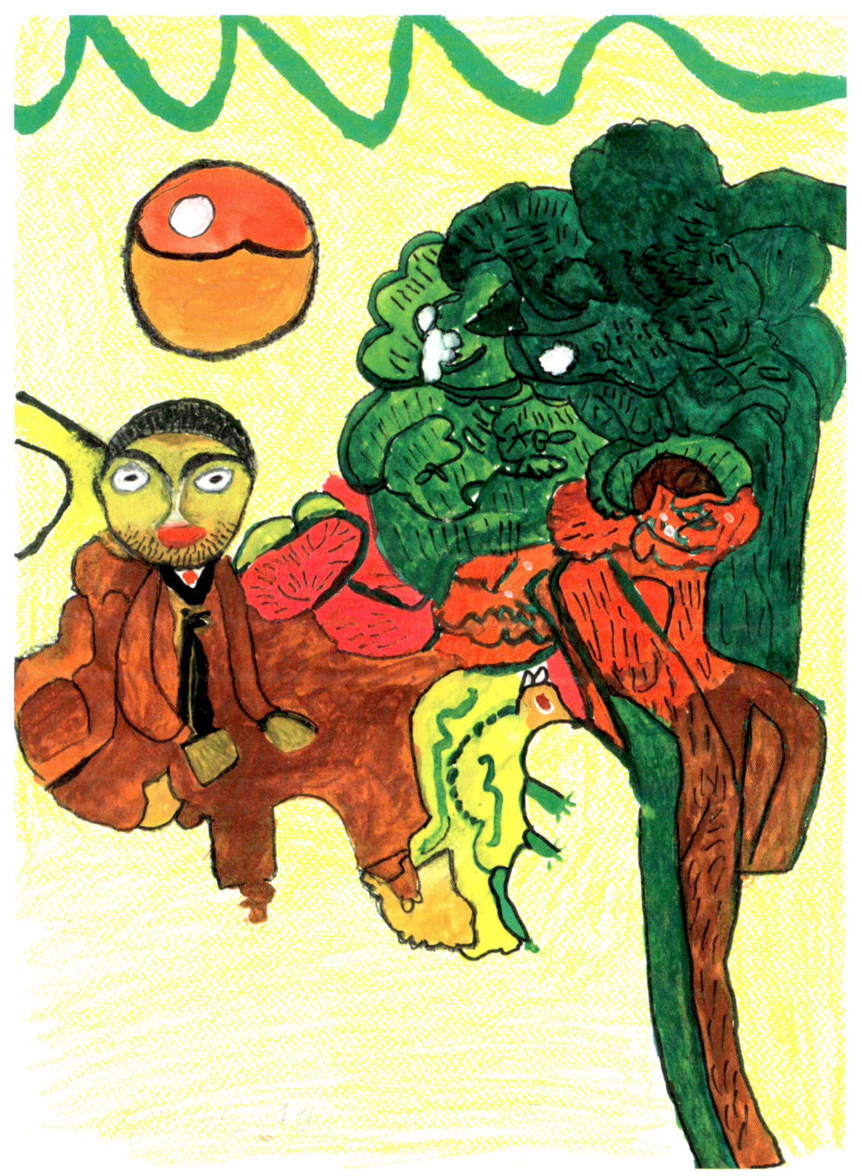

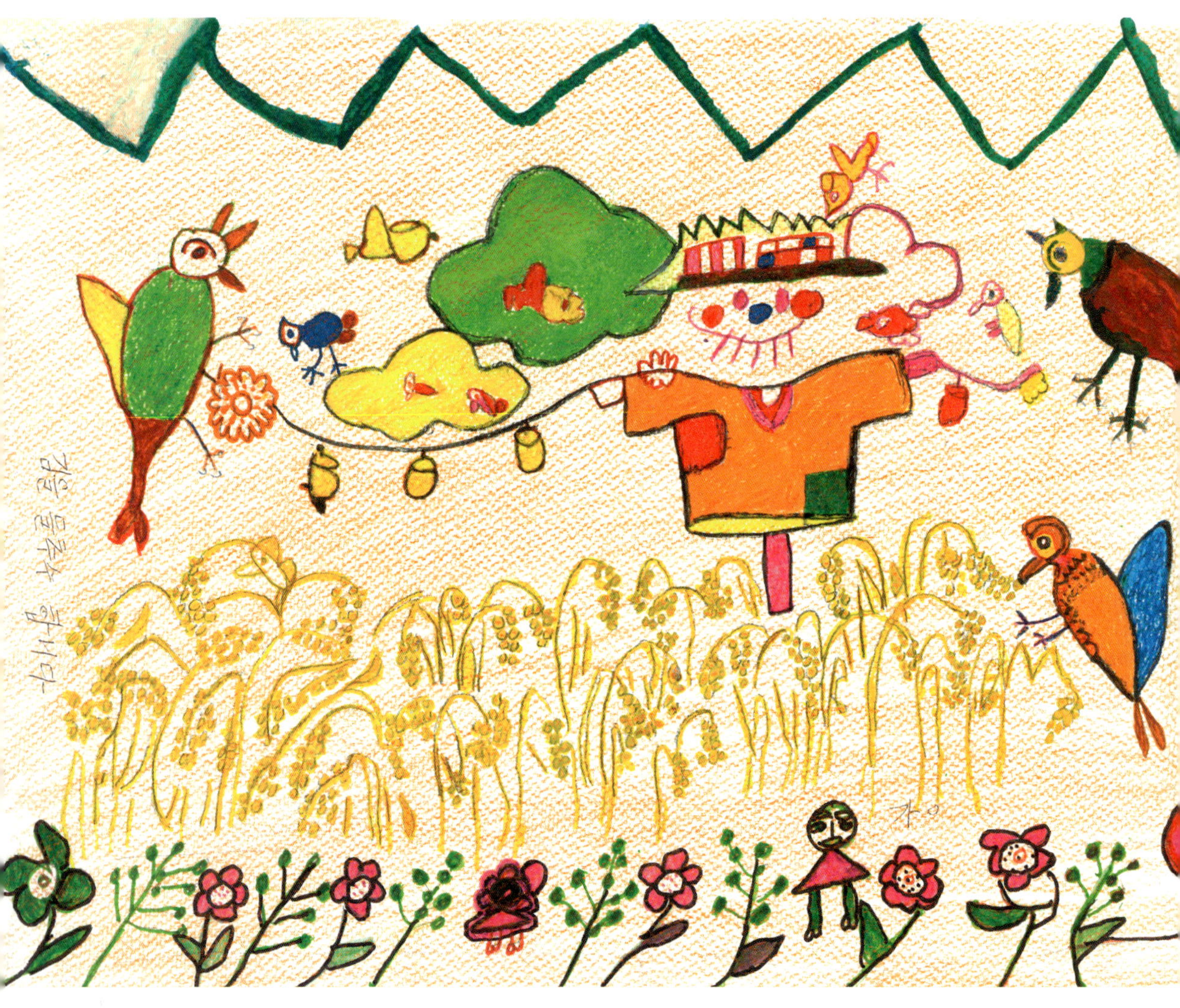
경운초등학교 수밤름 배다나

너를 선생 만들려고
나는 고무신공장 다니면서 열심히 뒷바라지했더니
선생 된 지 한 달 만에 못하겠다고 베트남으로 도망갔지.

그때는 선생 그만둔 것도 속이 상했지만
그 먼 데서 어떻게 살고 있는지 걱정이 돼서
밥도 못 먹고 날마다 눈물로 살았단다.

주위 사람들이 베트남에는 거지들만 산다고 하니까
더 걱정이 되고 애간장이 녹더라.

4년 후 네가 베트남으로 오라고 해서 갔을 때
잘 사는 모습을 보고는 마음이 놓였어.
괜한 걱정을 한 것 같아.

희동아 이제는 엄마가 나이도 많고
너희들이 가까이에 살았으면 좋겠어.
1년에 한 번밖에 못 보니까
너무 보고 싶고 그립다.
하루 빨리 한국으로 들어오길 기다릴게.
사랑한다.

정 오 덕

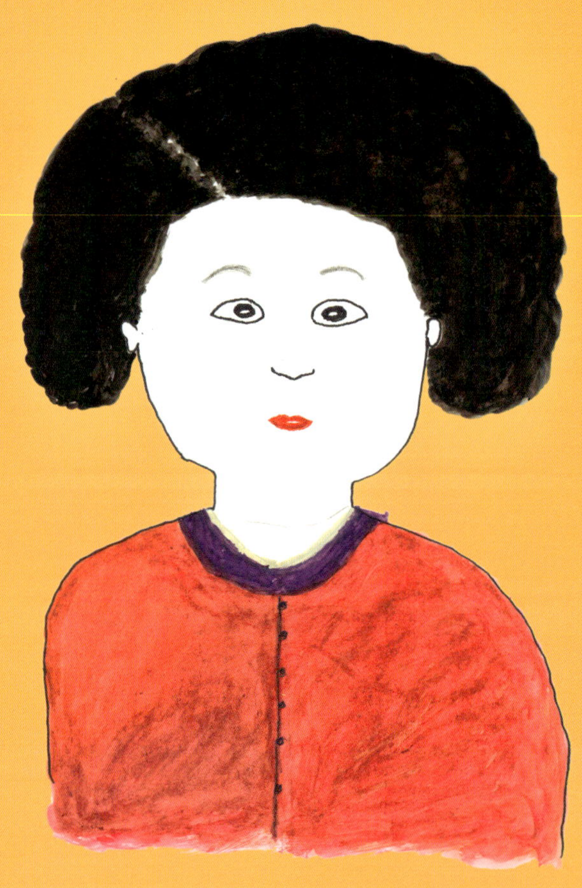

나를
아껴 준
당신

속절없이 떠나 버린 당신.
내가 키가 작고 외모가 보잘 것 없어도
당신 눈에는 제일 예쁘다고 하셨지요.

아들도 못 낳고 딸만 여섯을 낳아서 미안했어요.
내가 몸이 약해 김 어장에 나가 일도 못 도와주고
당신 혼자 김을 뜯어서 리어카에 실어 나르는 걸 보면
너무 미안하고 고마웠어요.
그러고 보면 당신한테 미안한 일이 너무 많네요.

당신은 살아생전 여행 한 번 못 가 보고 일만 했지요
형편이 좋아지면 놀러 가고 재밌게 살자고 했는데
고생만 하다 가시니 너무 불쌍했어요.

같이 살면서 자식들한테 효도도 받고
여행도 다니고 맛있는 음식도 먹어 보고
대접도 받아 보고 가셨으면 얼마나 좋았을까.
생각하면 당신이 짠해 눈물이 납니다.

그곳에서는 고생 안 하고 기쁨만 있기를 바랍니다.

딸 여섯을 키울 때는 예쁜 줄도 모르고 키웠는데
손주는 우는 것도 예쁘고 응가하는 것도 예쁘고
짝사랑을 하는 기분이다.

손주가 대학생이 되더니 아들 노릇까지 하는 효자다.
나는 손주가 너무 예뻐서 엉덩이를 토닥거리면
손녀들이 샘을 부리기도 하지만
손주가 살갑게 나를 잘 챙기니까
아들같이 든든하고 더 마음이 간다.

우리 손주는 광주에서 대학을 다닌다.
주말이면 우리 집에 와서 꼭 자고 간다.
할머니 외로울까 봐 마음 써 준 속 깊은 우리 손주.
항상 고맙고 사랑의 열매를 유산으로 물려주고 싶다

사랑한다. 우리 손주.

정오덕

그리운 어머니

못난 딸이 어머니께 글을 올립니다.
평생 희생만 하다 떠나신 우리 어머니
너무 너무 보고 싶어 목이 멥니다.

내가 아기 때
어께에 큰 혹이 생겨 것을 보고 놀라
일본에까지 가서 수술을 받게 해귀신 우리 어머니

어려운 형편에도 나를 살리겠다고
온갖 정성을 다하셨는데
나는 잘 먹지도 않고 어머니를 힘들게 했습니다.

아버지가 술을 먹고 와서 싸우는 날이면
어머니가 도망갈까 봐
밤새 잠을 못 자고 불안했습니다.

어머니는 끝끼지 우리를 버리지 않으셨고
어렵게 나를 살려주셨는데
살아생전 잘해드리지 못한 것이 후에가 됩니다.
어머니 정말 감사하고 보고 싶습니다.

살면서 힘들 때마다 어머니를 생각하면서 용기를 냉고
열심히 살다 보니 노후가 행복합니다 어머니 사랑합니다.

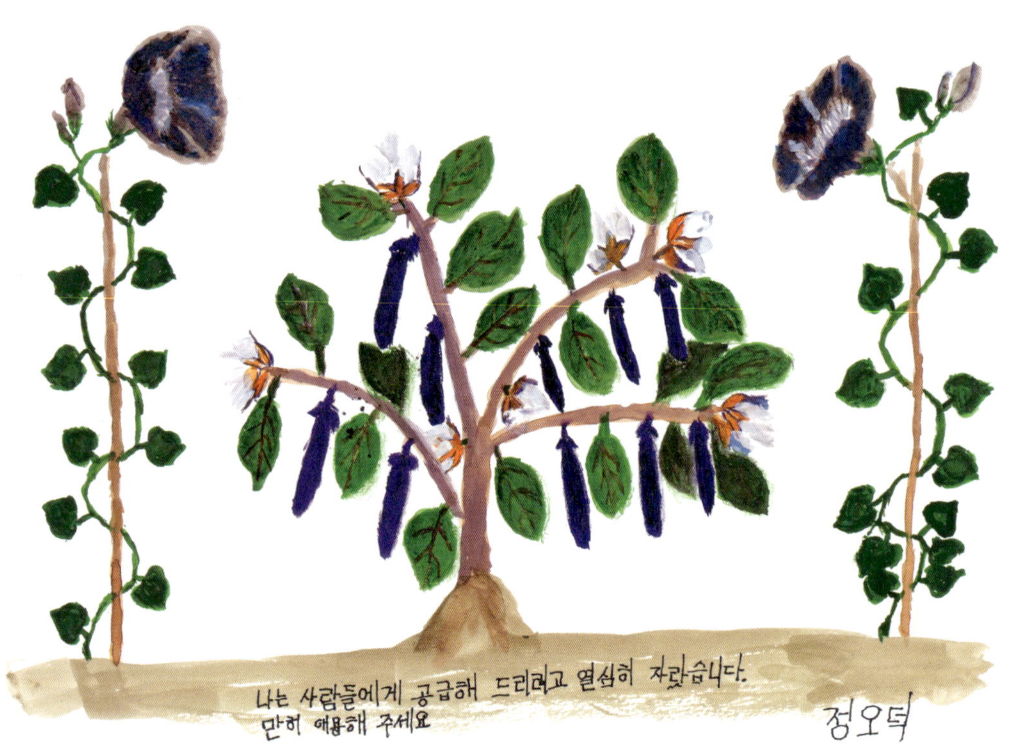
나는 사람들에게 공급해 드리려고 열심히 자랐습니다.
만히 애용해 주세요
정오덕

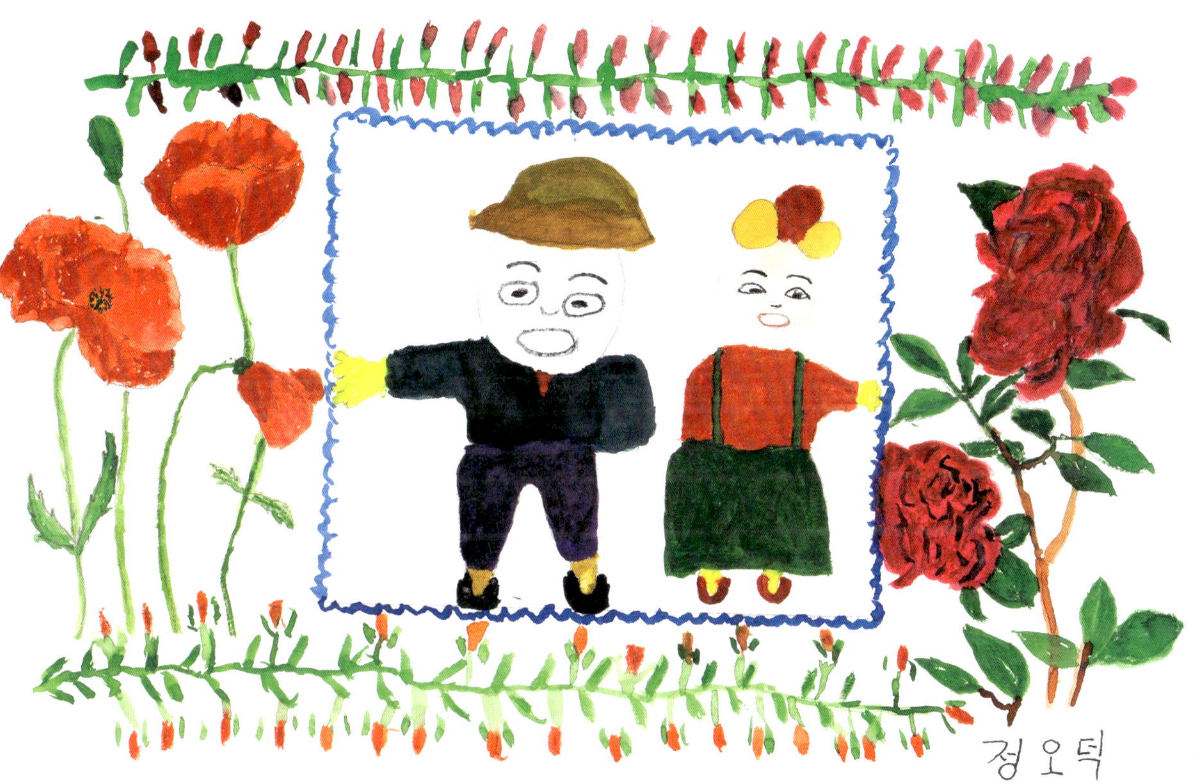

정 오 덕

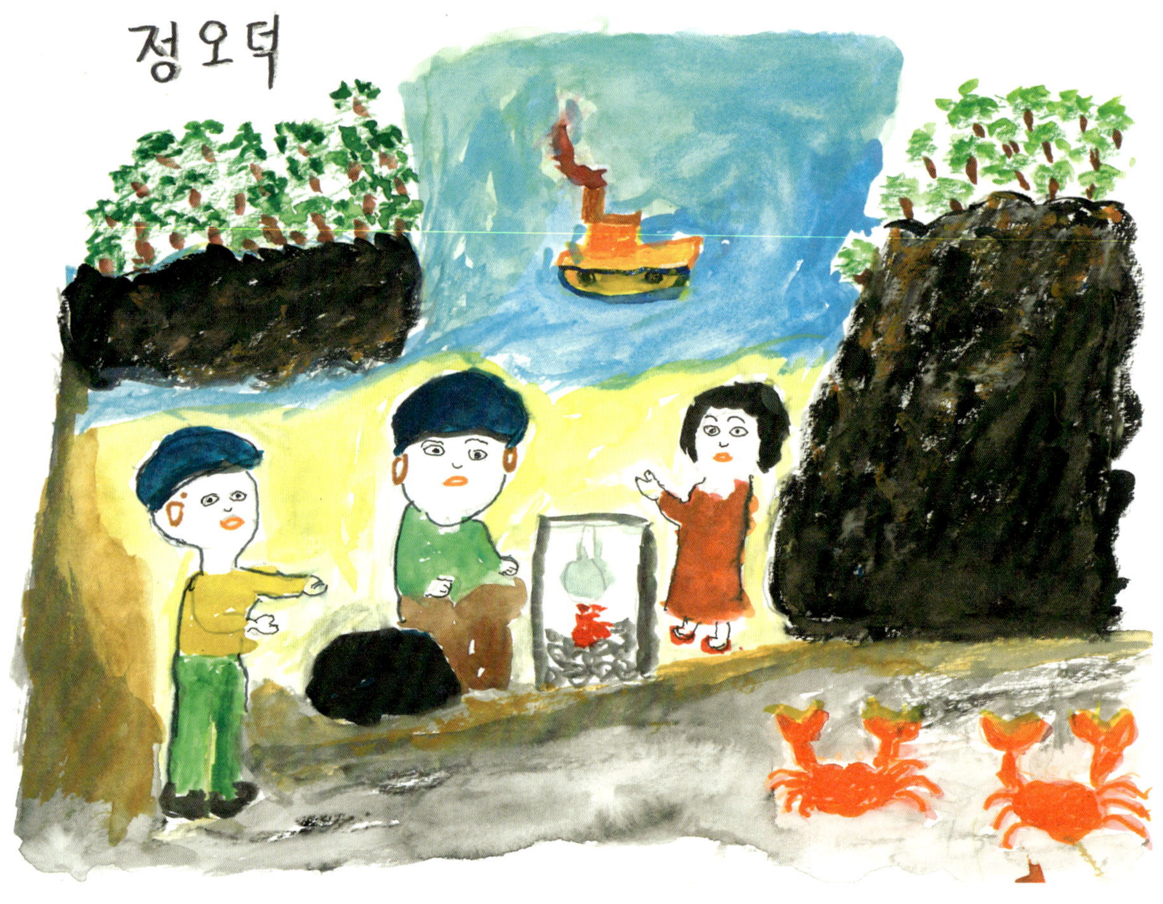

충섭아 나는 비아부락에 사는 정오덕이야.
우리 동네에서 같은 나이 친구는 너 하나였지.
어릴 때는 부끄러워 서로 말도 못 해 봤는데
지금은 어디서 살고 있는지 궁금하고 보고 싶어.

나는 고흥으로 시집을 갔다가 남편 돌아가시고
자식들이 있는 순천으로 와서 살고 있어.
딸만 여섯을 낳았는데 모두 결혼해서 잘 살아.
둘째 딸 집에서 손주들을 다 키워 주고
지금은 혼자 살고 있어.

그리고 백발 할머니가 다 되어
초등학교 중학교 공부도 했어.
또 그림책 도서관에서 그림을 그려
서울에서 전시를 했는데
우리 그림이 많이 알려져서 미국까지 가서 전시도 하고
우리가 살아온 이야기를 책으로 만들어 출판도 했어.
늘그막에 나 출세했지?

충섭아 꼭 만나고 싶다.
너도 할아버지가 되어 있겠지?

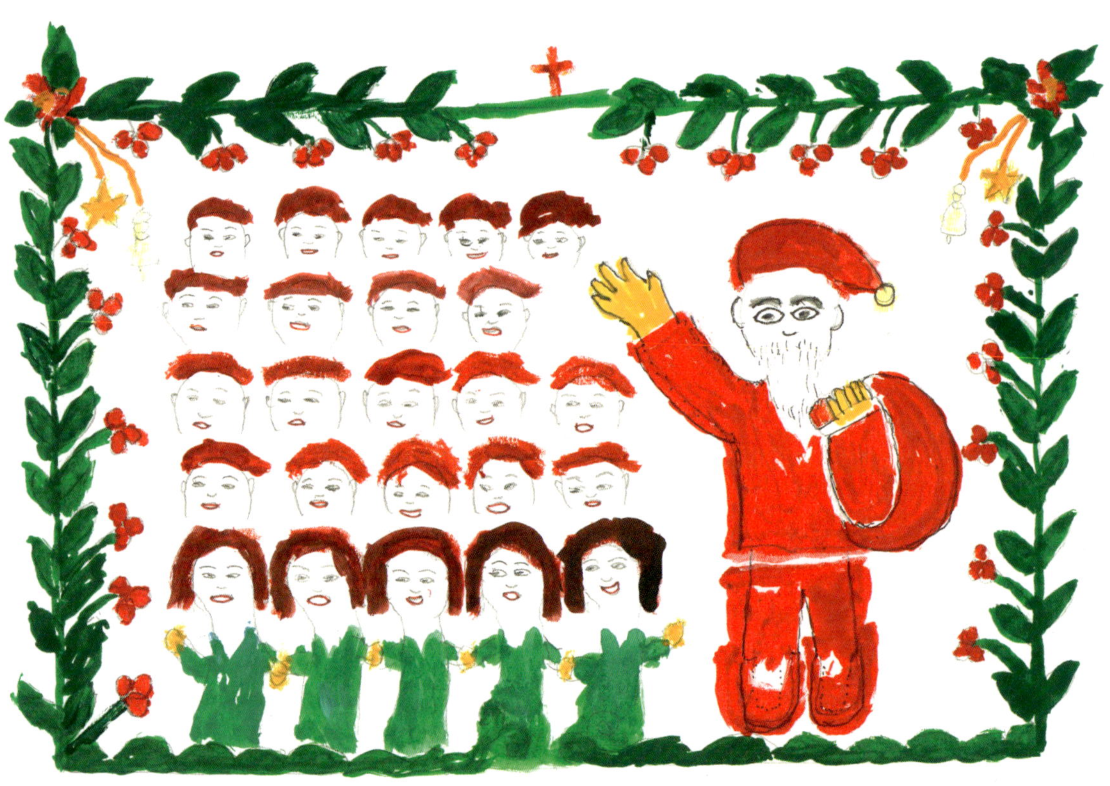

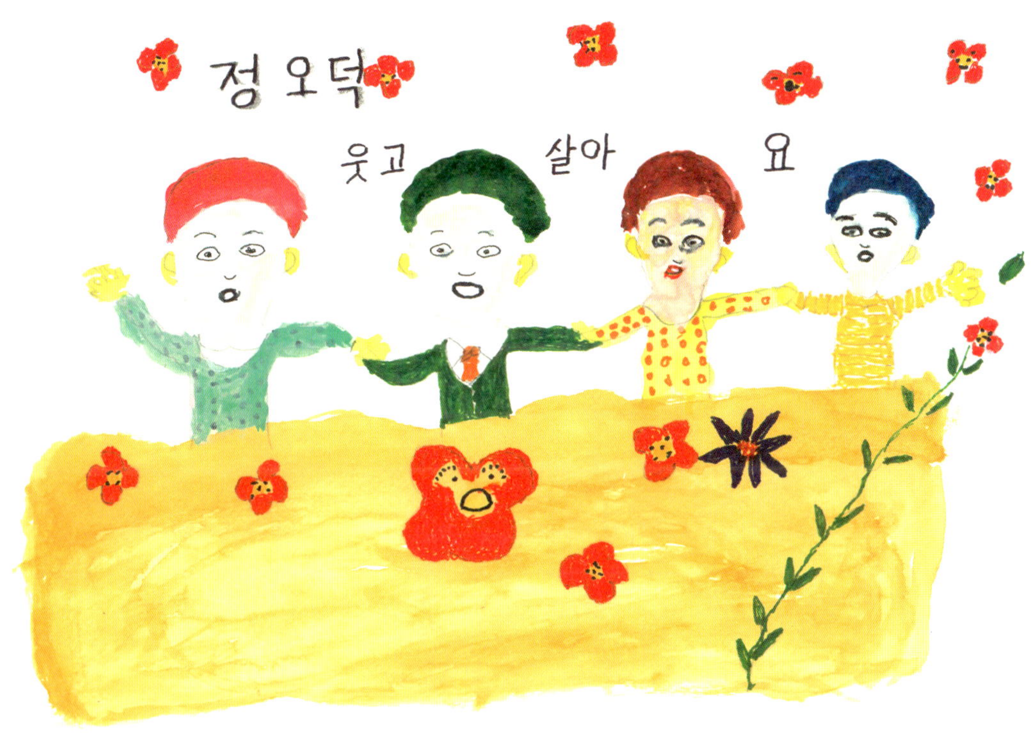
정오덕
웃고 살아 요

장 선 자

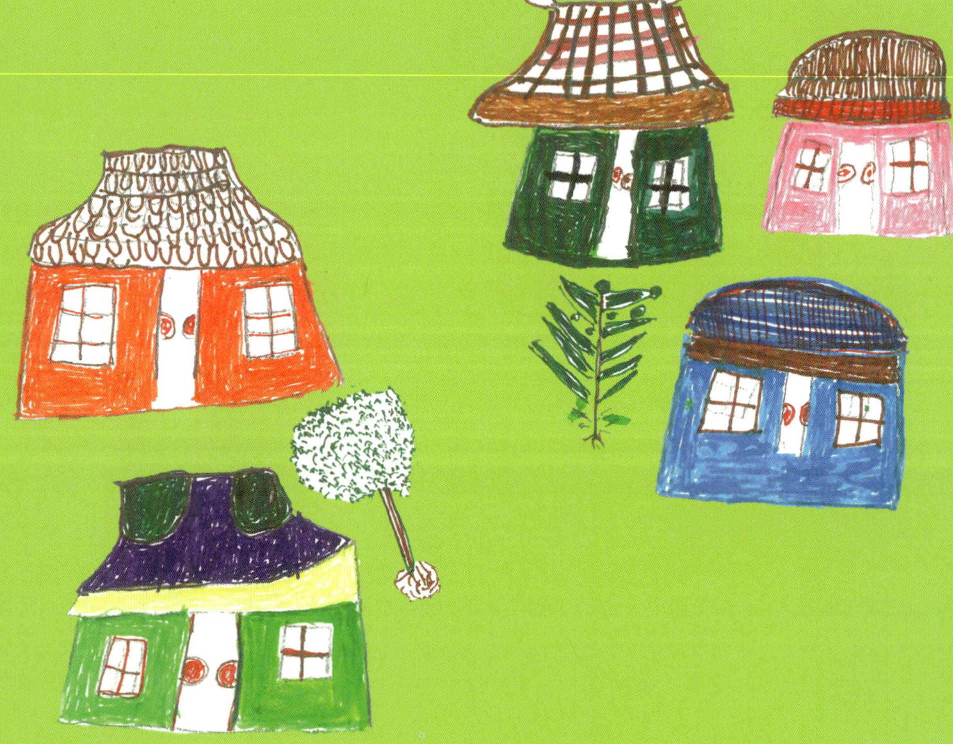

아 버 지 께

스물한 살에 가난한 데로 시집을 갔지요.
집도 없어 시집에서 살다가 너무 힘들어
도저히 못 살겠다, 안 살겠다, 했더니
신랑이 헛간 하나 구해 닷새 동안 방을 만들어 놨어요.
이 정성을 어쩔까나 싶어 살아 보자 했는데
아버지가 오셨지요.
귀하게 키운 딸 어찌 사나 보러 오셨지요.

그런데 제가 피해 버렸어요.
한참을 앉아 기다리다 해가 곤곤할 때
아버지가 가는 모습을 봤어요.
뒷동산에 올라가서 다 가신 것을 보며 울었어요.
하얀 도포 자락 훨훨 날리면서 갓끈 날리면서 가는데
무슨 새가 날아가는 것처럼 느껴져
보고 잡고 죽겠더랬습니다.

아버지가 앉은 자리가 그렇게 눈에 걸려
울고 있으니 집에 돌아온 서방도 놀라 이유를 물었지요.
이야기 듣고는 서방도 울고 나도 울고 밤새도록 울었습니다.

아버지, 아버지 오셨는데
내가 술 한잔 받아 드릴 돈이 없어서 숨었어요.
뒷동산에 올라앉아서 아버지 가시는 것을 보고 울었어요.
서방이 듣고는 돈을 꾸어서라도 술 받아 왔을 텐데 말해서
또 같이 울었어요.
이제는 다 해 드릴 수 있는데 아버지가 저세상에 계시네요.
지금은 용돈도 드릴 수 있고 술도 많이 받아 드릴 수 있어요.
저세상에서 만나면 다 해 드릴게요.
아버지 서운하게 생각하지 마세요.

보고 싶어요.

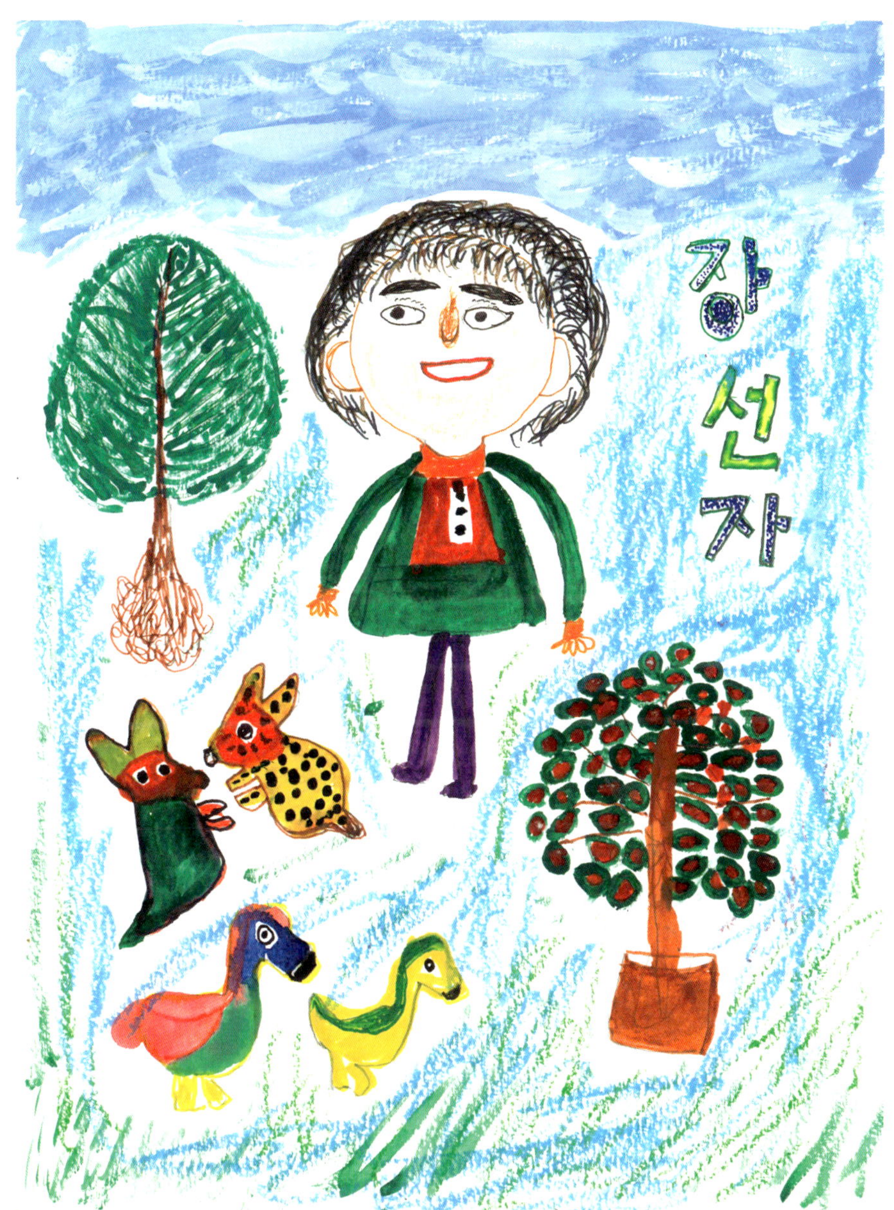

장
선
자

가난하다고 안 살라고 한 거 미안해.
그때 마음 아팠을까 봐 두고두고 미안했어.
이제 풀라고 하고 싶어.

내가 잘못해서 돈을 쌀 두 가마니 값을 물어 줘야 했을 때도
"나가 벌어서 갚을 테니 걱정하지 마소" 했지.
어디 가서 말하지 말라고 괜찮다고 해 줘서 고마웠어.

옷도 허름하게 입지 말고 좋은 놈을 입고
남보다 이쁘게 하고 다니라 하는 것도
조심하고 다녀오라 말해 주는 것도 참 고마웠소.
어디 가서도 내 칭찬을 하고 고맙다 해서
내가 더 고마웠소.

자기는 항상 나를 챙기고 떠받치려고 하는데
나는 그만큼 못한 것 같아서 미안해.
시방 같으면 안아 주고 다독여 주고 싶은데
만날 수가 없네.

나도 당신 좋아하고 많이 사랑하고 많이 보고 싶고
지금도 계속 같이 있는 것 같다고 말해 주고 싶어.
다음 세상에 가서는 더 많이 사랑해 줄게요.
더 잘해 주고 그럴게요.
항상 사진 보고 혼자 말해요.

그래도 당신은 대답이 없네.

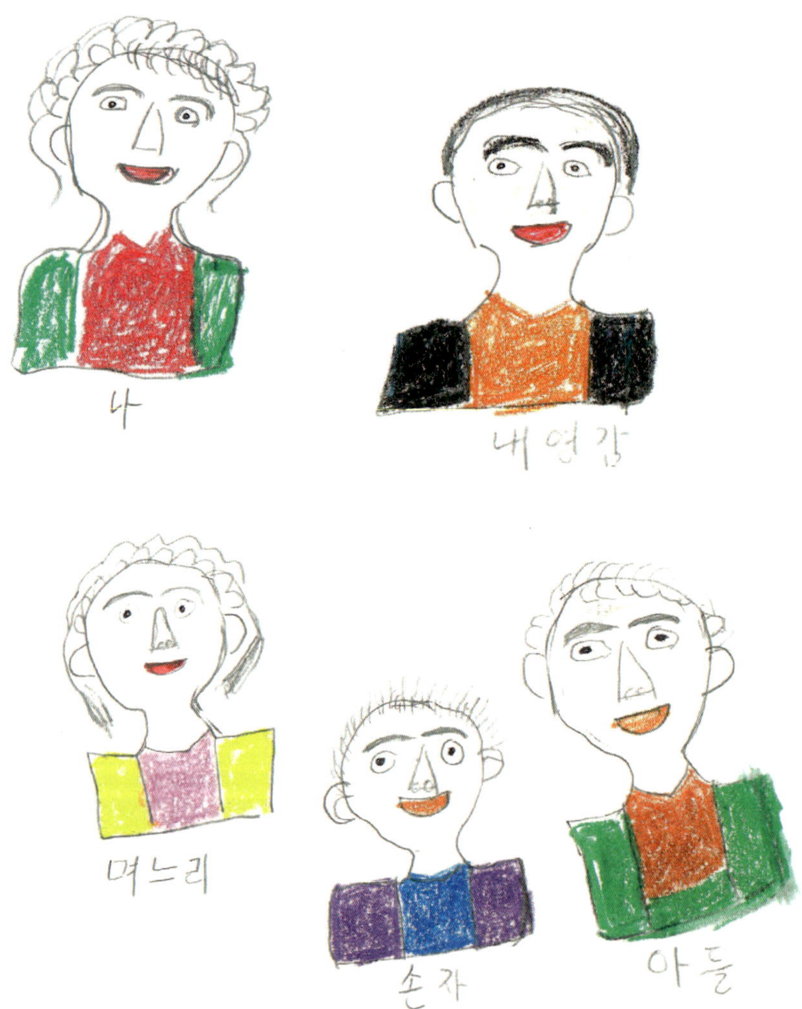

나
내영감
며느리
손자
아들

내가 대통령이라면 잘살고 못사는 사람없이
평등하게 살게 해주고 싶습니다
모든 국민들이 행복하게 살았으면 좋겠습니다.   장선자

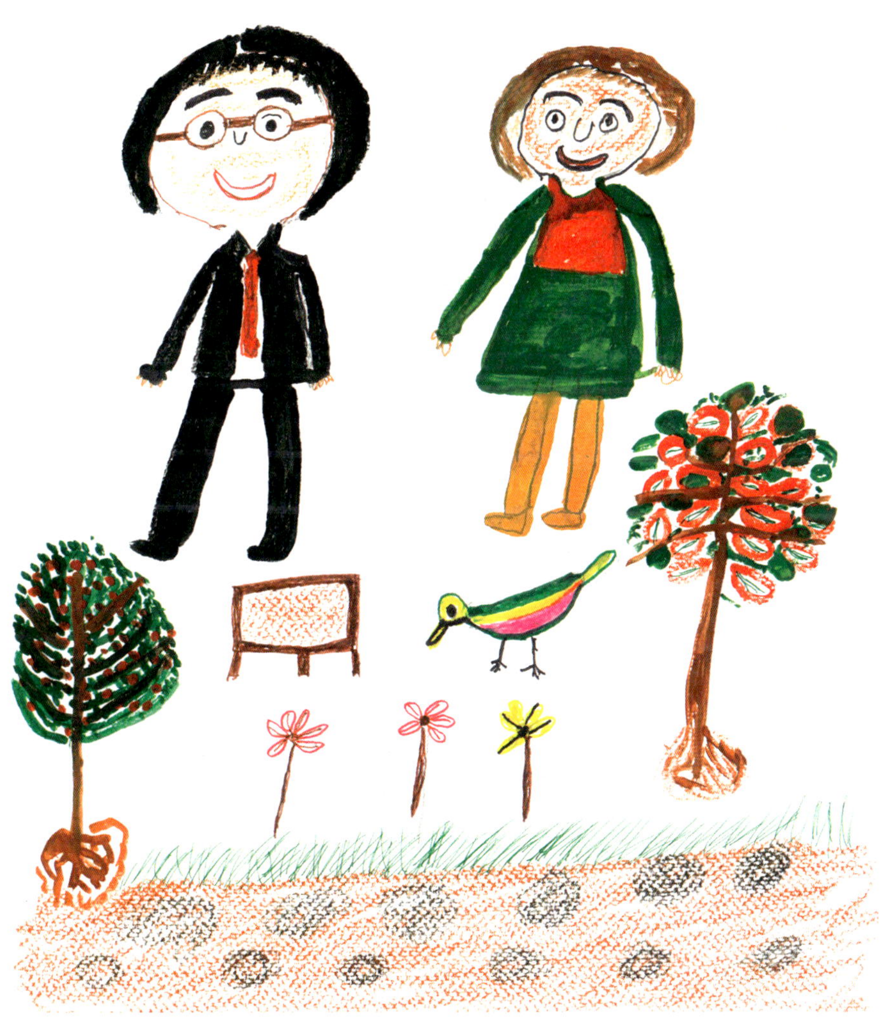

안 안 심

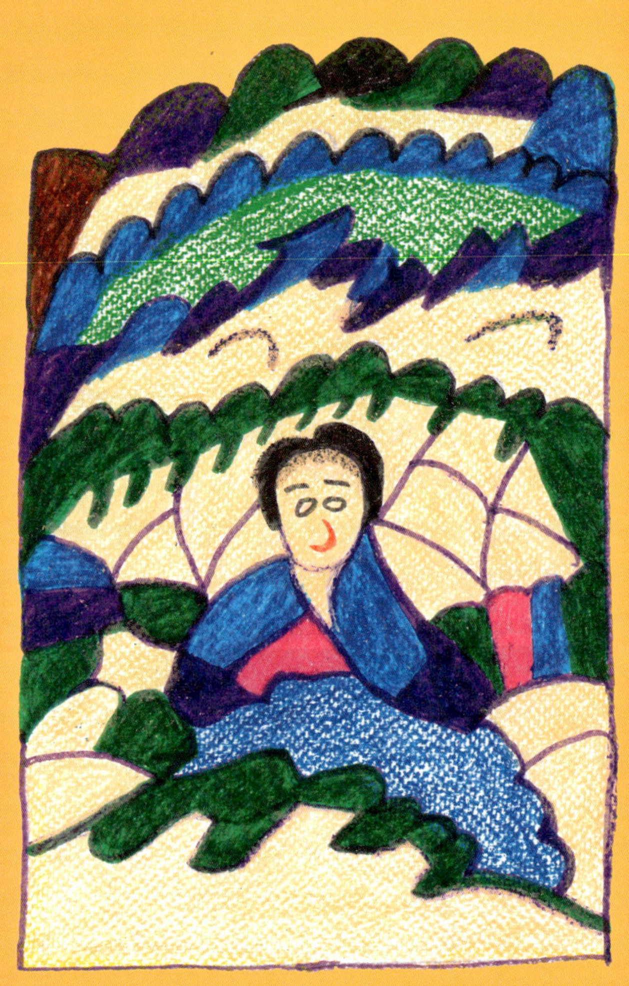

시집가는 길에 마을 사람이
저렇게 쬐깐한 각시가 어찌할까 말하는데
그때는 그 말이 무슨 뜻인가 했습니다.

집에 농사도 크게 짓고 소도 닭도 키웠지요.
일꾼들 밥해 먹이고 밭매고 아기 돌보고
술 잘 자시는 시아버지, 목소리 쩌렁쩌렁한 시어머니
수발들려니 가슴이 콱 막힐 것 같았어요.

당신 기술 배운다고 광주 가 있을 때
시집살이가 힘들어 이렇게는 못 견딘다 했었습니다.
시어머니가 곧 애기 아빠 온다고 참으라 해서
꾸역꾸역 참았더니 당신이 왔지요.

당신이 그렇게 부모에게 달려들 줄은 몰랐습니다.
남의 집 귀한 딸, 좋은 사람 데려다가
뭔 추태냐고 따로 나갈란다고 그랬었지요.
그 후로 시부모님께 험한 소리는 안 들었습니다.
그때 내 편 들어 줘서 정말 고마웠습니다.

학자 집안에서 시집왔다고 남들한테 자랑했다가
내가 글을 몰라서 실망했지만
그래도 직접 글을 가르쳐 준다고 했습니다.
그때 배우지 못한 걸 두고두고 후회했습니다.
당신이 나를 위해 그리했는데 자존심 상해서 그랬습니다.
나중에 공부한다고 했을 때도 챙겨 준 마음 알고 있습니다.

당신 돌아가시니 너무 허전합니다.
처음에는 너무 놀라 마비가 와 걸음도 못 걸었습니다.
애들이 다 잘해도 당신만큼은 못 합니다.

사흘 만에 갑자기 가셔서 인사도 제대로 못 했습니다.
모든 것이 고맙습니다. 너무 고맙습니다.
가시기 전에 5년만 더 살고 와서 만나자 했는데
10년이 넘어 버렸습니다.
보고 싶습니다.
너무나도 당신이 그립습니다.

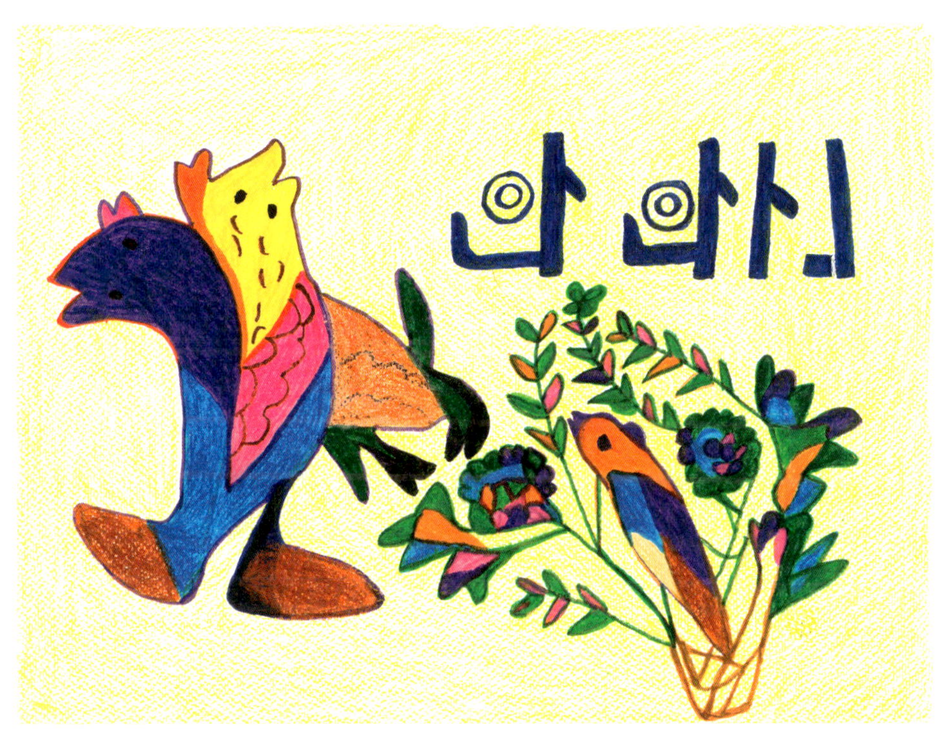
아 아버

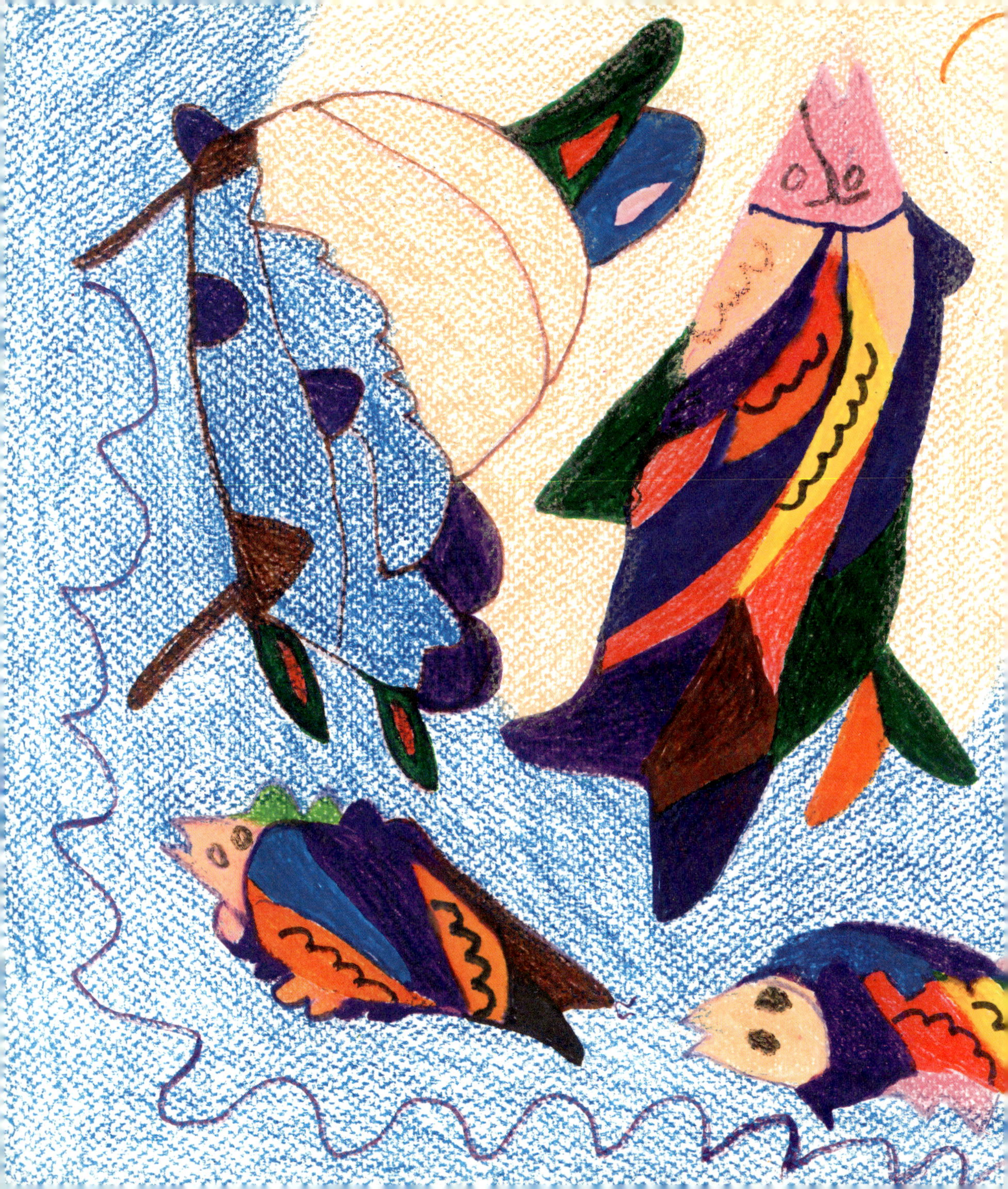

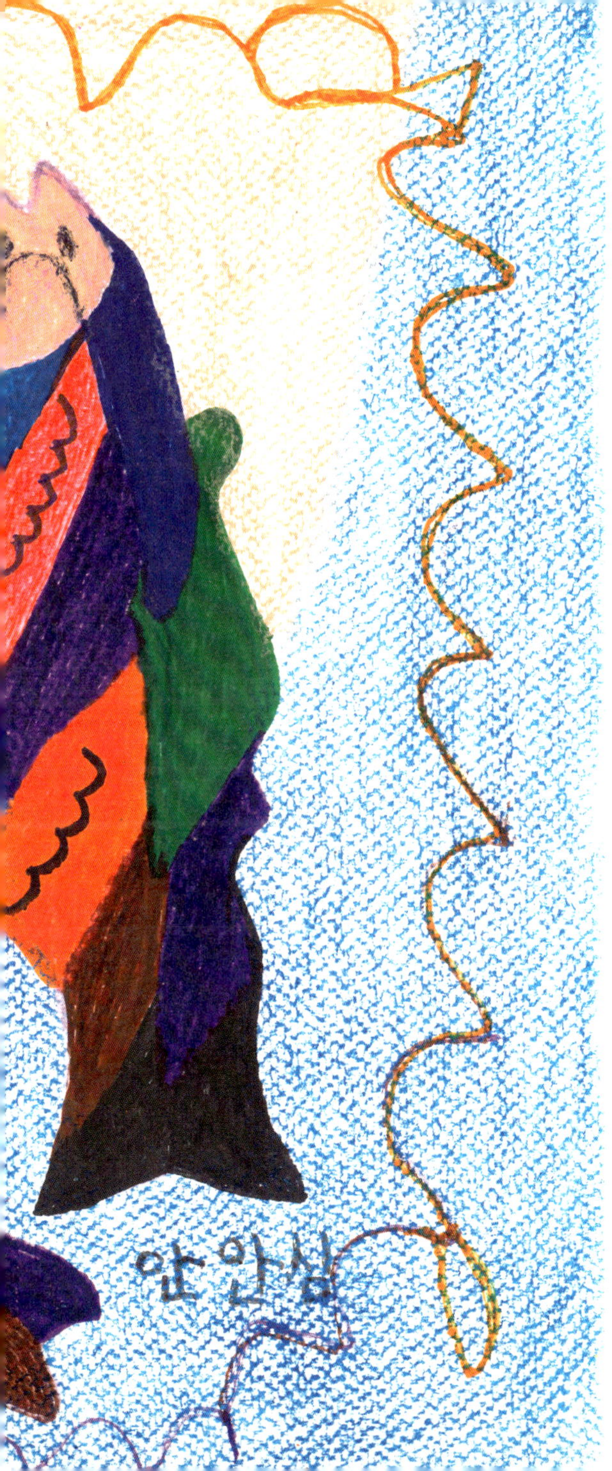
악어새

고 마 운
큰 딸 에 게

병원 간다고 하면 광주까지도 데리고 갔다 오고
먹어야 산다고 반찬 안 떨어지게 가져다
냉장고에 넣어 주느라
네가 고생이 많다.
다 먹어야 된다고 맨날 말하지만
일주일에 몇 번이나 와서 챙겨 주니
다 먹지도 못한다.

내가 어디 가서 있으면 청소해 놓고
김치 담가서 가져다 놓고
사과 갖고 와서 먹으라고 주고
딸아 늘 고맙다.

가깝다고 할 수 있는 일이 아닌 걸 안다.
아플까봐 걱정하는 마음 안다.
볼 때마다 고맙고 할 말은 많은데
얼른 말이 안 나와서 다 못한다.
그래서 여기에 적는다.
고맙고 사랑한다.

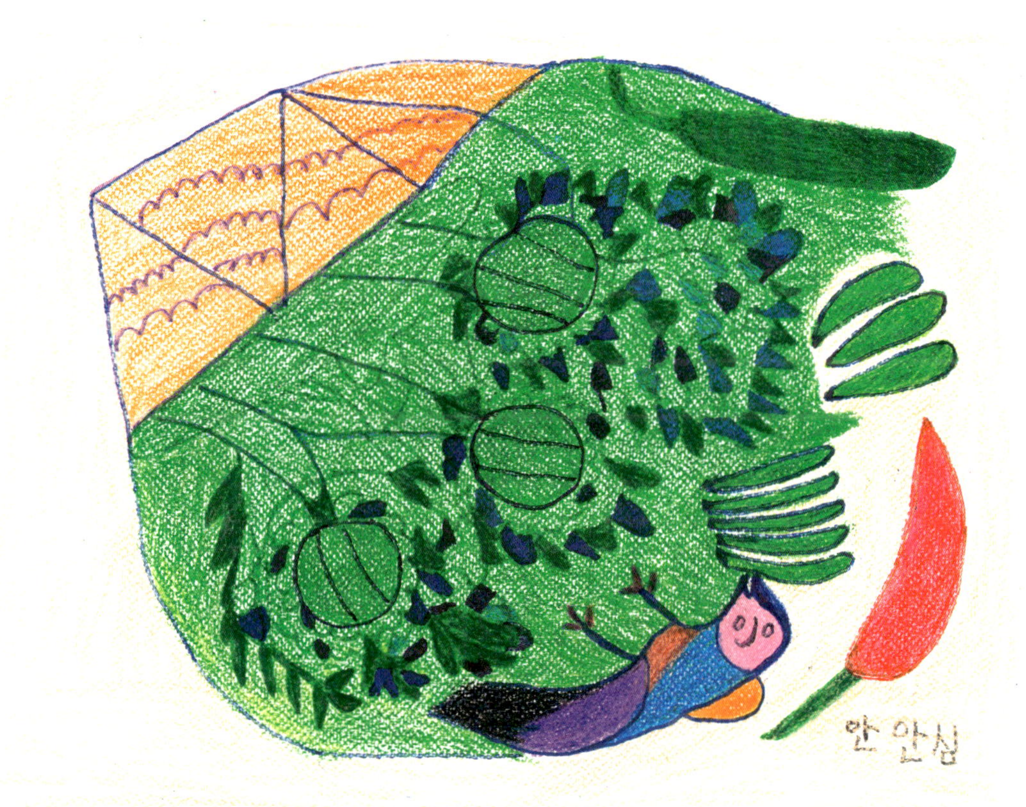

송 영 순

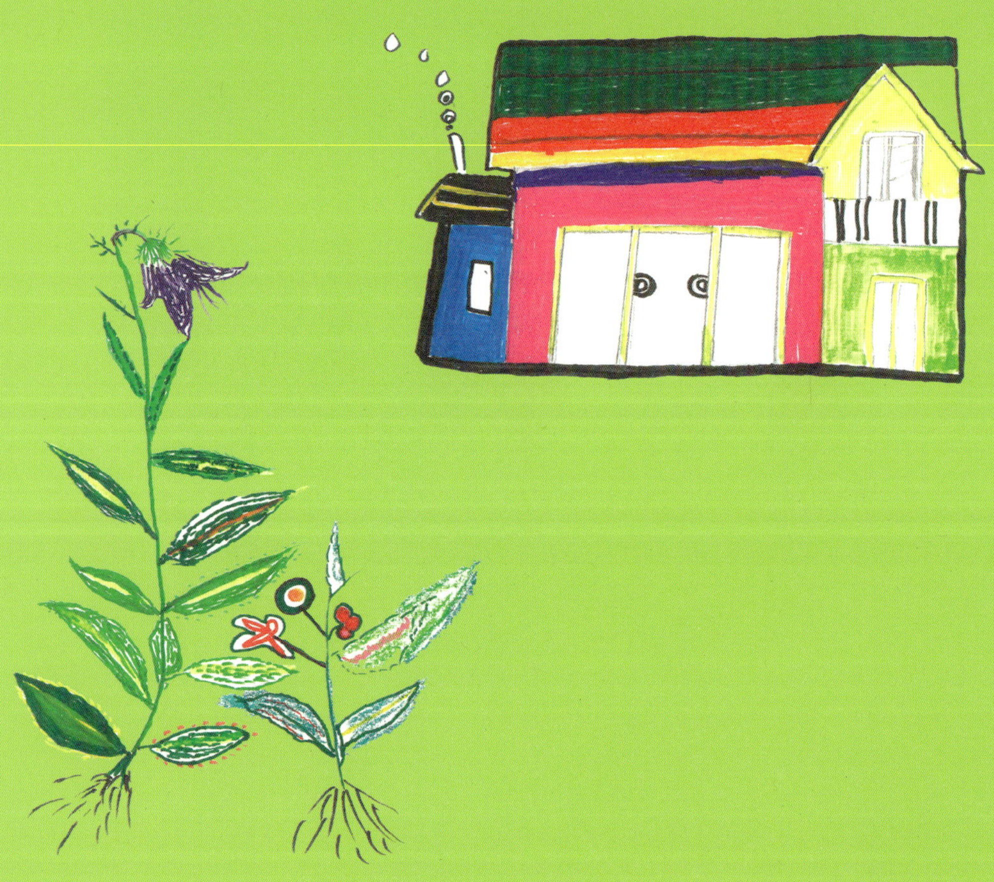

엄마에게

집 떠나 남의집살이 하던 첫날
엄마가 왜 그렇게 보고 싶은지
밤새도록 우느라고 잠도 못 잤어요.

맨날 새벽에 일어나 얼음 깨서 빨래하고
아기 업고 나갔다가 밥도 못 먹고
그렇게 보름, 한 달 지나니
엄마가 왜 그렇게 미운지 원망 많이 했어요.

그 집 언니 신랑이 학교선생님이라
나 학교 보내자고 했는데 언니가 반대해서 못 갔어요.
그래도 귀동냥으로 배워 쓰지는 못 해도
몇 자는 보고 알았어요.

가난해도 데리고 있었으면
학교라도 갔을 텐데 원망했어요.
집 떠난 일곱 살에는 알 수가 없었어요.
전쟁 때 아버지 돌아가시고 형편이 얼마나 어려웠으면
나를 보냈을까, 이제는 이해해요.

원망해서 미안해요.
옷이라도 한 벌 해 드리면 좋을 텐데
못 해 드려 죄송해요.

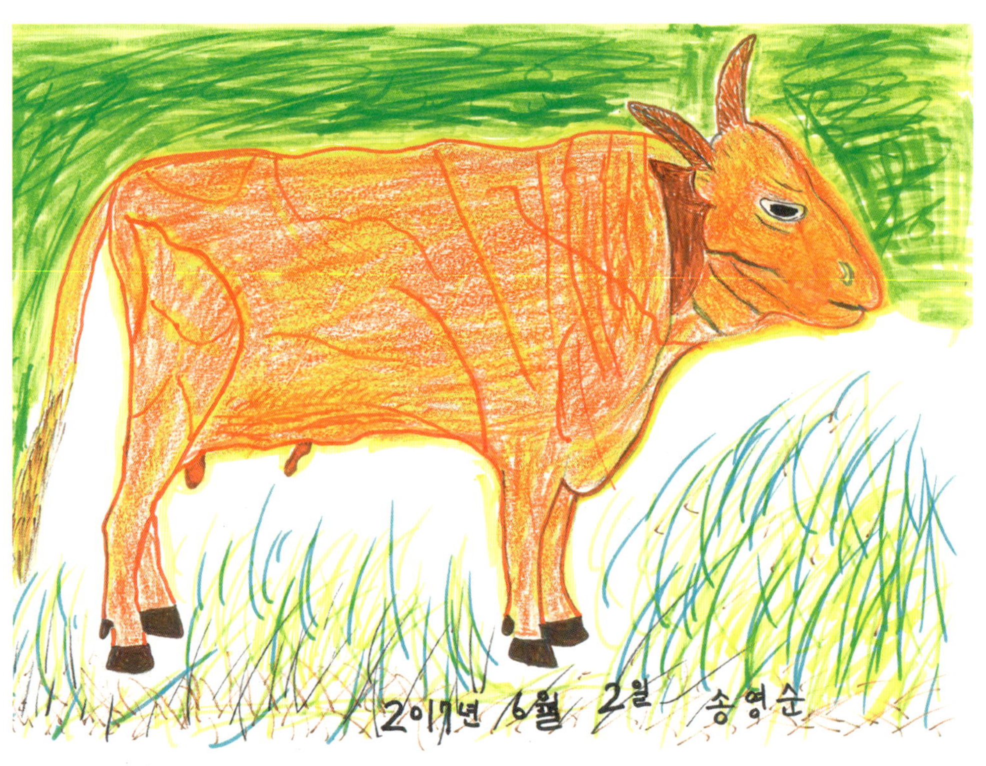
2017년 6월 2일 송영순

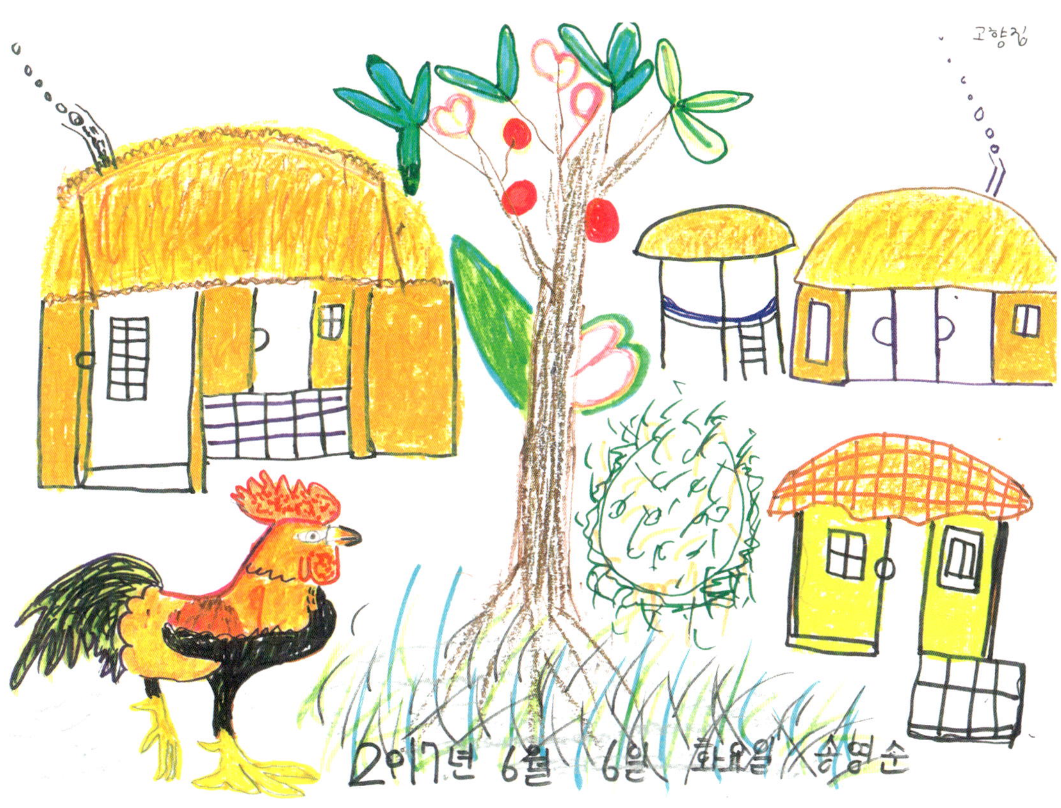

135

일 갔다 와서도 집안일 다 해 주고
병원 데리고 다니고 걷지도 못할 때 마사지 해 주고
병간호 다 해 주고 대소변 받아 주고
돌봐 주어 참 고마워.

친구처럼 형제간처럼 지내지고 이야기했지.
참 착한 사람인 거 내가 알고 있어.
변함없이 바라는 것 없이 그렇게 다 해 주는 거 보면
내가 미안하고 고마워.

나이도 어린 것이 나이 많은 여자랑
저렇게 산다고 남들은 떠들지만
그래도 신경도 안 쓰고 변함없기 쉽지 않은데
애기 아빠한테 못 받아 본 것들을 동생한테 받아 봤네.

동생은 이해심이 많고 사람들에게 잘하고 좋은 사람이야.
누구도 안 좋은 이야기 하는 사람이 없어.
나랑 있어서 괜한 소리 들어서 맘이 안 좋아.
죽을 때까지 내 곁에 있겠다고 하지만
좋은 사람 만나면 가면 좋겠다.
같이 지내는 동안은 지금처럼 건강하게 지내자.
항상 정말 고마워.

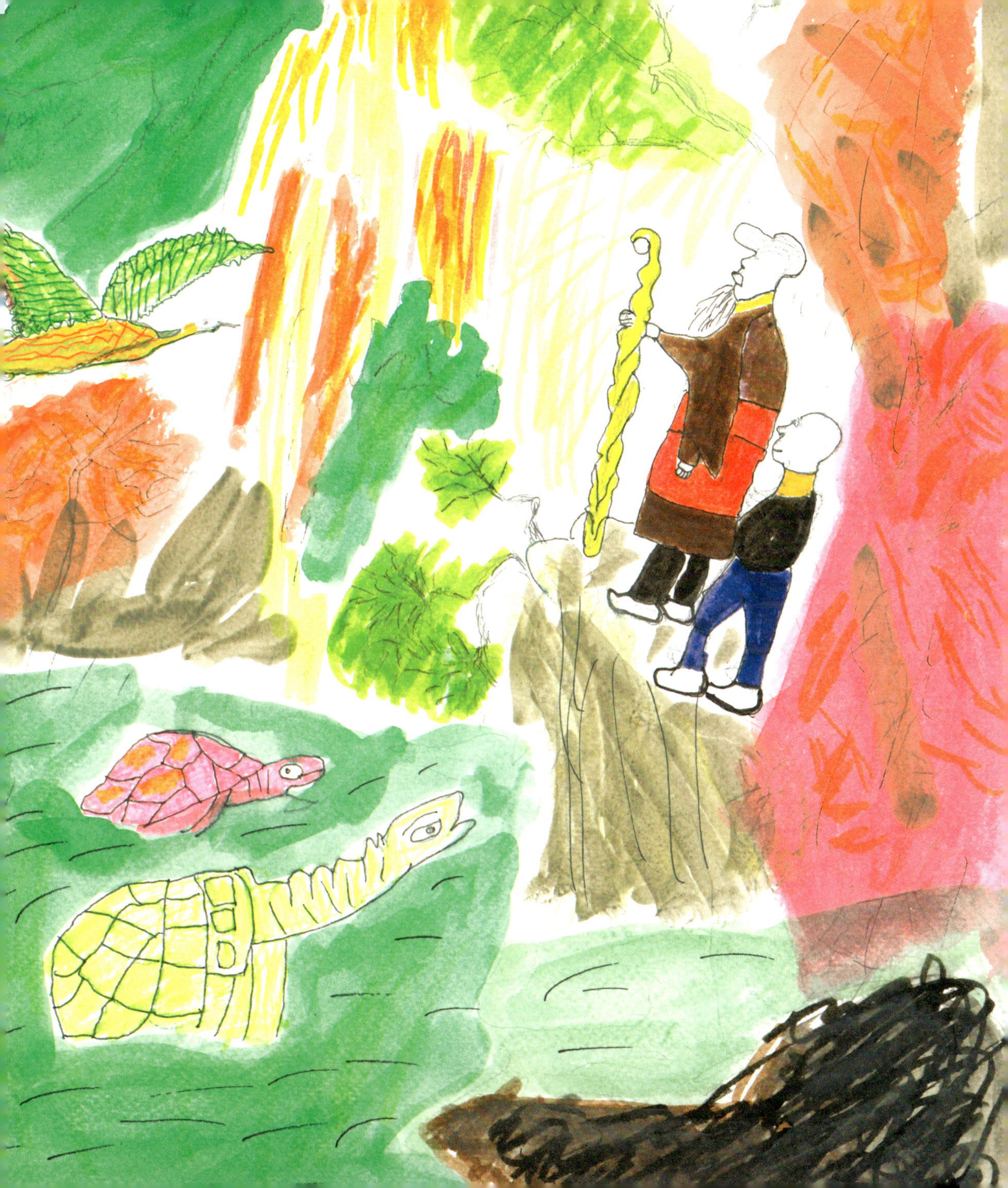

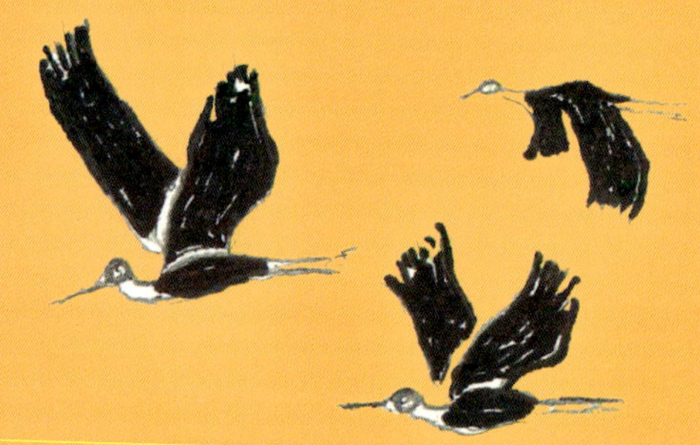

권 정 자

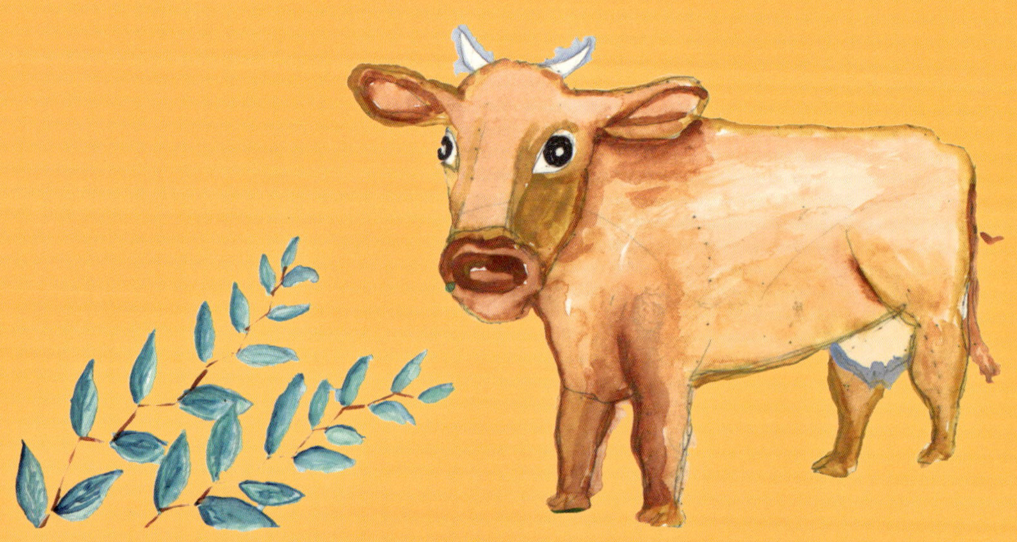

큰아들에게

어려서부터 너는 욕심도 있고 의욕도 많았다.
좋은 것을 알고 성실하게 이루니
할머니 할아버지 사랑도 듬뿍 받았다.

사회생활 열심히 하고 두 딸 낳아 곱게 키워
사위도 맞고 손주도 태어나 이제 할아버지가 되었구나.
집도 짓고 정원에 꽃과 나무를 심어 가꾸고 사는
아들을 보면 내 마음이 항시 든든하다.

걸음마 떼고 마당에서 놀다 넘어져
이마에 난 상처를 보면 아직도 마음이 아프다.
더 큰 병원에서 치료했으면
흉이 안 났을 텐데 후회가 된다.

네가 암이라고 했을 때는
우리 집이 어두운 장막에 덮인 기분이었다.
입원해서 그 힘든 항암도 이겨내고
집으로 돌아와 다시 정원을 가꾸니 너무나 기쁘다.
그 정원을 보면 그림을 그리고 싶어진다.
오래오래 아들이 가꾼 예쁜 정원을 보고 싶다.
무엇보다 건강이 제일이다.

배움에 눈뜬
늦깎이 정자 씨

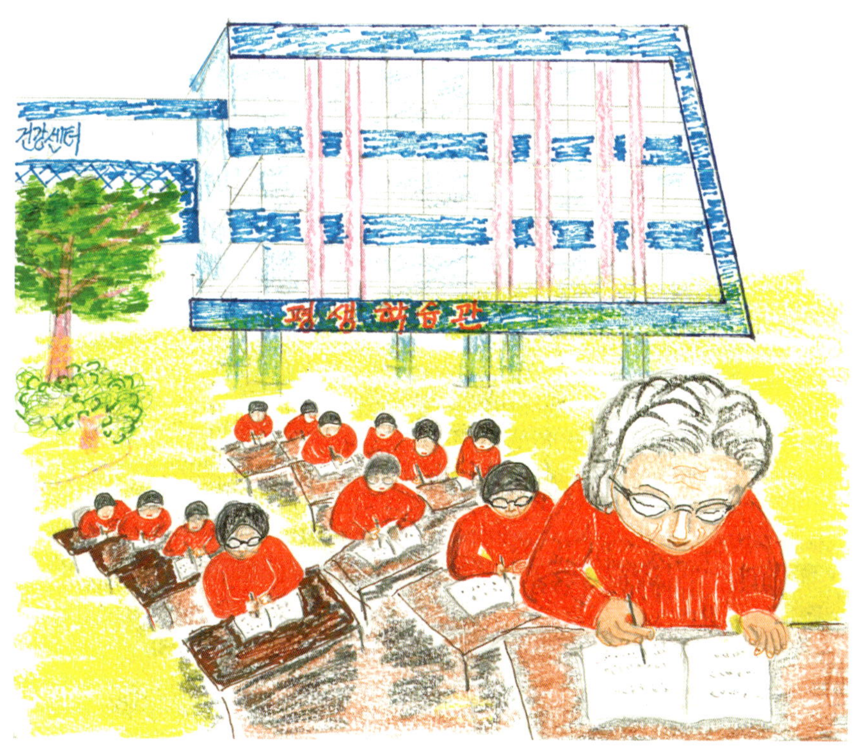

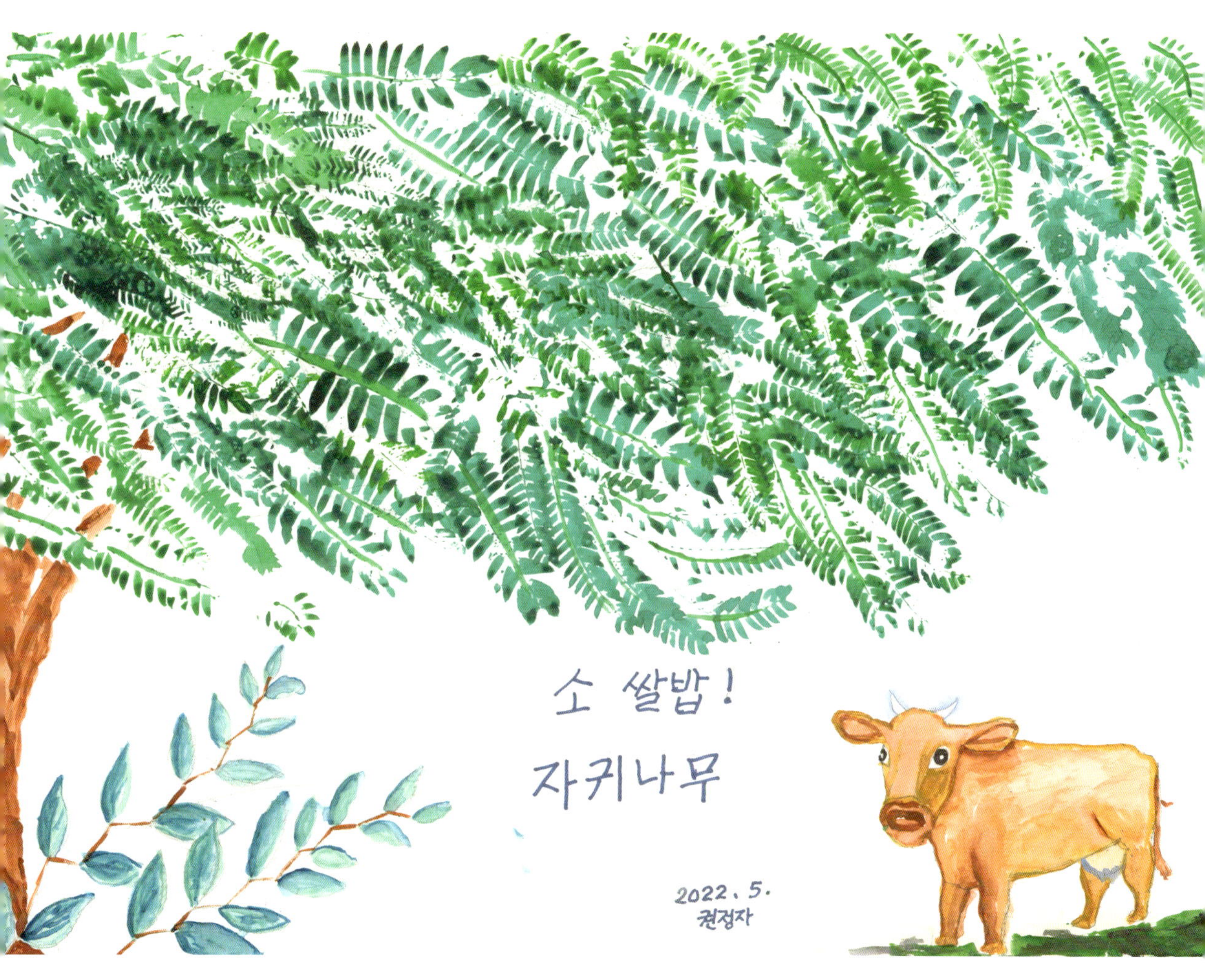
소 쌀밥!
자귀나무
2022. 5.
권정자

전쟁으로 마을에 군인들이 왔다갔다하니
아버지는 열아홉 딸을 걱정하셨습니다.
얼굴도 모르는 사람한테 시집가라 해서
나는 싫다고 울었습니다.

철도 역무원 하느라 당신은 여수에 있고
나는 시부모님 댁에서 생판 모르는 식구들과 지냈습니다.
며칠 만에 집에 온 당신 얼굴을 보니 반가워
내가 믿고 의지할 사람이구나 생각했습니다.

3년마다 전근 생활로
미평역, 광주역, 남원역, 여수역, 순천역
두루 근무하며 힘든 날도 많았지요.
겨울 한밤중 열차 전복 사고로
철도병원에 입원 생활도 하고,
주간지 수송 사고로 한 달 봉급을 못 받기도 했지만
33년 근속으로 명예롭게 정년퇴직을 했습니다.
참으로 자랑스러웠습니다.

시간에 쫓기는 일 없이 즐겁게 지낼 날이 올 줄 알았는데
희귀한 병이 들어 서울 병원에서도 못 고치고
나이 예순에, 너무 빨리 세상을 떠나셨네요.
당신이 가고 나니 눈 뜨고 있어도
낮인가 밤인가 분간이 안 가고 하늘이 노랬습니다.

지금은 애들도 다 잘 지내고 나한테 잘합니다.
나는 그림도 그리고 공부도 해서
도전 골든벨 나가서 1등도 했습니다.
전시도 하고 책도 냈습니다.
좋은 세상 나만 누리는 것 같아 늘 미안하고 짠합니다.
다시 만나면 좋은 거 다 당신에게 드릴게요.

늙어도 간직하련다
젊은 얼굴 나는♡
너무 아름다웠다.

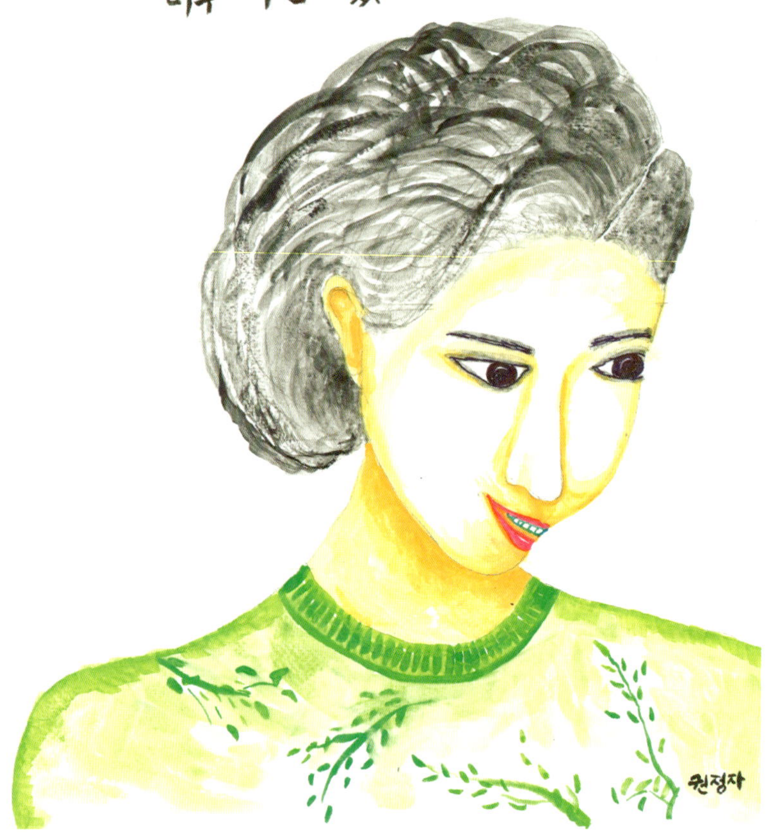

기억에 남은 환갑 잔치

권정자

영감은 환갑도 못 쇠고 돌아 갔습니다.

그런데 나는 호텔을 얻어 잔치를 했습니다.

표말을 붙여서 가족팀, 노래교실팀, 주부대학팀,
문중식구들로 나누어 게임도 하고 즐거운 시간을
보냈습니다.

시댁, 친정형제들을 내 옆에 앉혀놓고 꽃도 달아주고
자식들은 하루 종일 서서 손님대접을 했습니다.

아름답게 만들어 놓은 얼음조각이 녹으면서 물이 뚝뚝
떨어진 모습도 너무 멋있었습니다.

3단 케이크도 너무나 화려했습니다.

나는 자식들이 너무 고마웠습니다.

그리고 영감의 빈자리가 크게 느껴졌습니다.

나만 호강을 한 것 같아 미안했습니다.

우리는
국가정원에서
힐링한다.

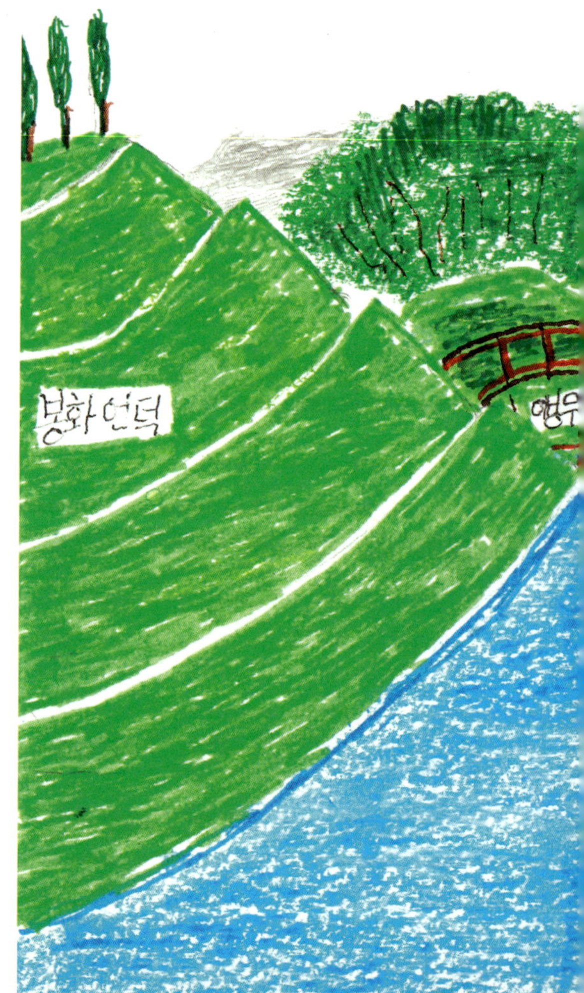

봉화 언덕
영원

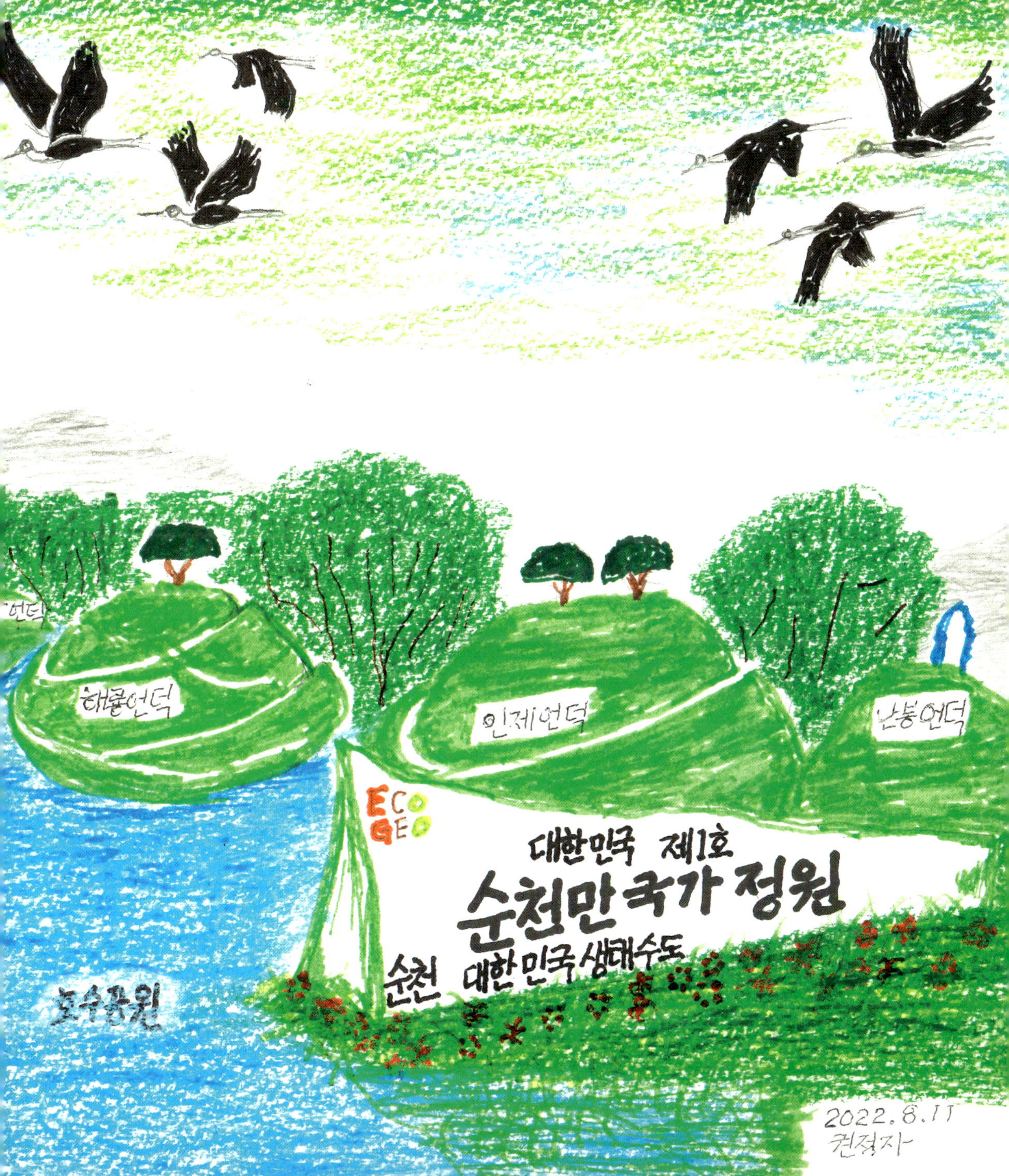
언덕
해룡언덕
인제언덕
난봉 언덕
호수정원
ECO GEO
대한민국 제1호
순천만 국가 정원
순천 대한민국 생태수도
2022. 8. 11
권정자

임순남

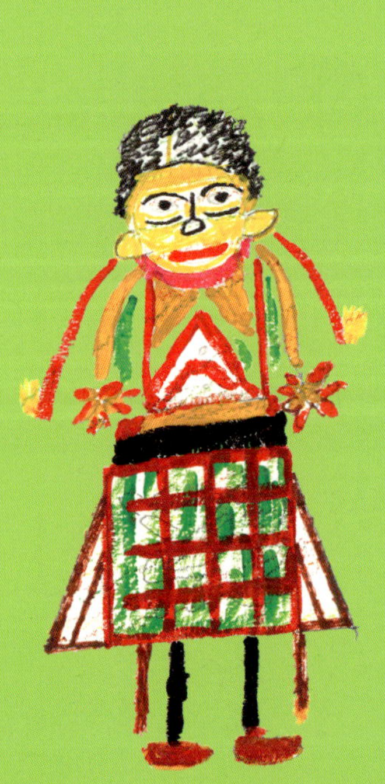

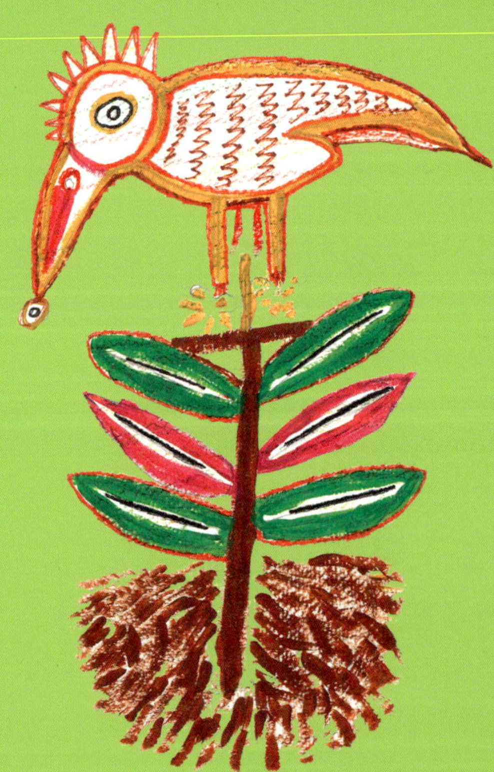

임순남

당신이 사우디로 돈 벌러 갔을 때
내색은 안 했지만 마음이 아팠습니다,
공항까지 따라가 당신을 보내고 돌아오는데
너무 슬퍼서 눈물만 나옵디다.

그날 따라 눈도 많이 내려
기차 안에서 울고 온 기억밖에 안 나네요
집에 와서 어린 삼남매를 쳐다보니 눈물도 나고
당신이 너무 짠해 잠이 안 옵디다.
아무것도 없는 집 작은아들로 태어나
당신도 참 고생 많이 했어요

처자식 먹여 살리겠다고 멀리 타국땅까지 돈
벌러가고 당신정말 열심히 살았네요
젊었을 때는 쑥스러워
고맙다 사랑한다 말도 못 해봤는데 당신이
떠나고 없으니까 글로나마 몇 자 적어봅니다
하늘나라에서는 고생 안 하고 편히 잘계세요

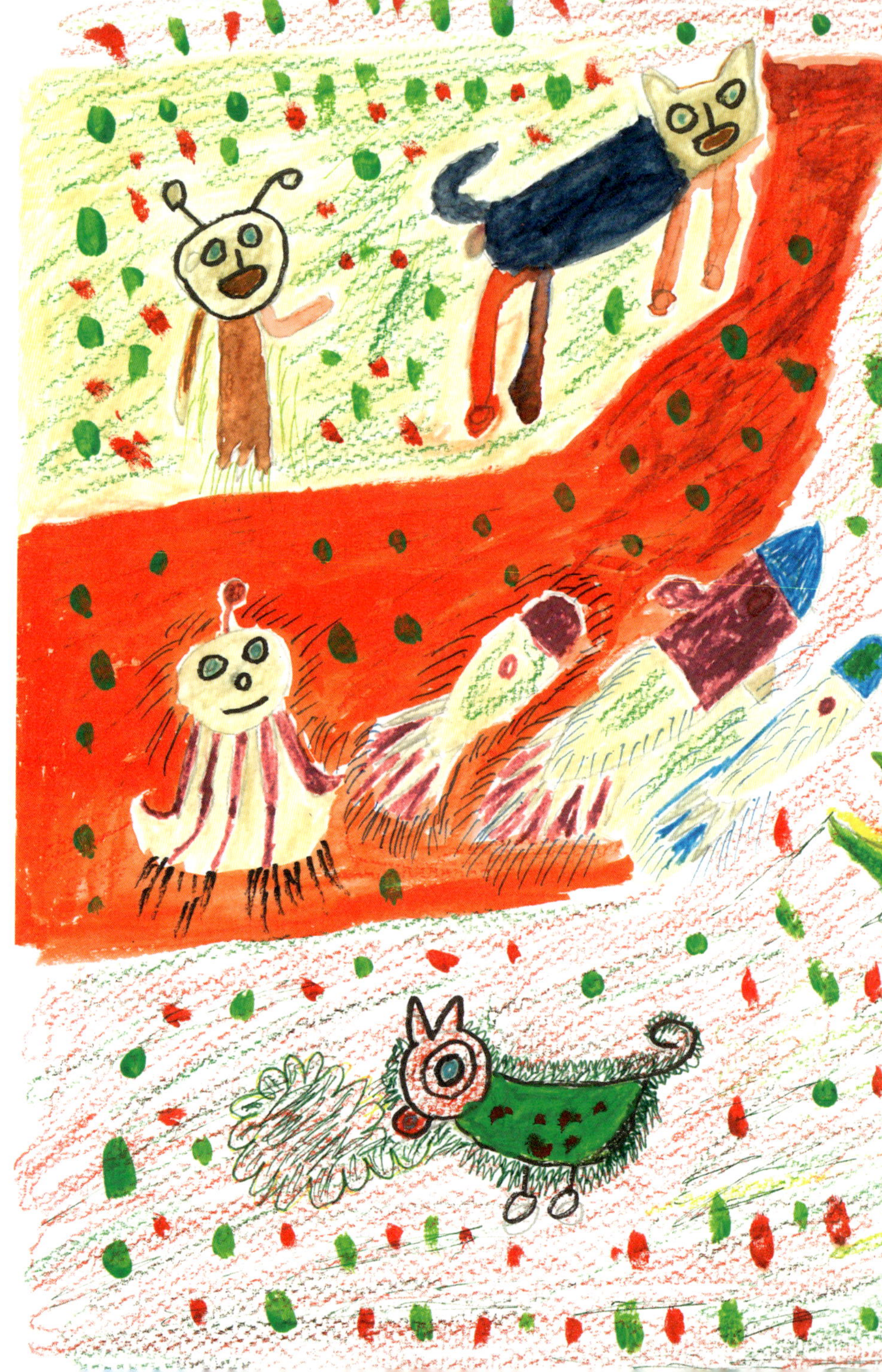

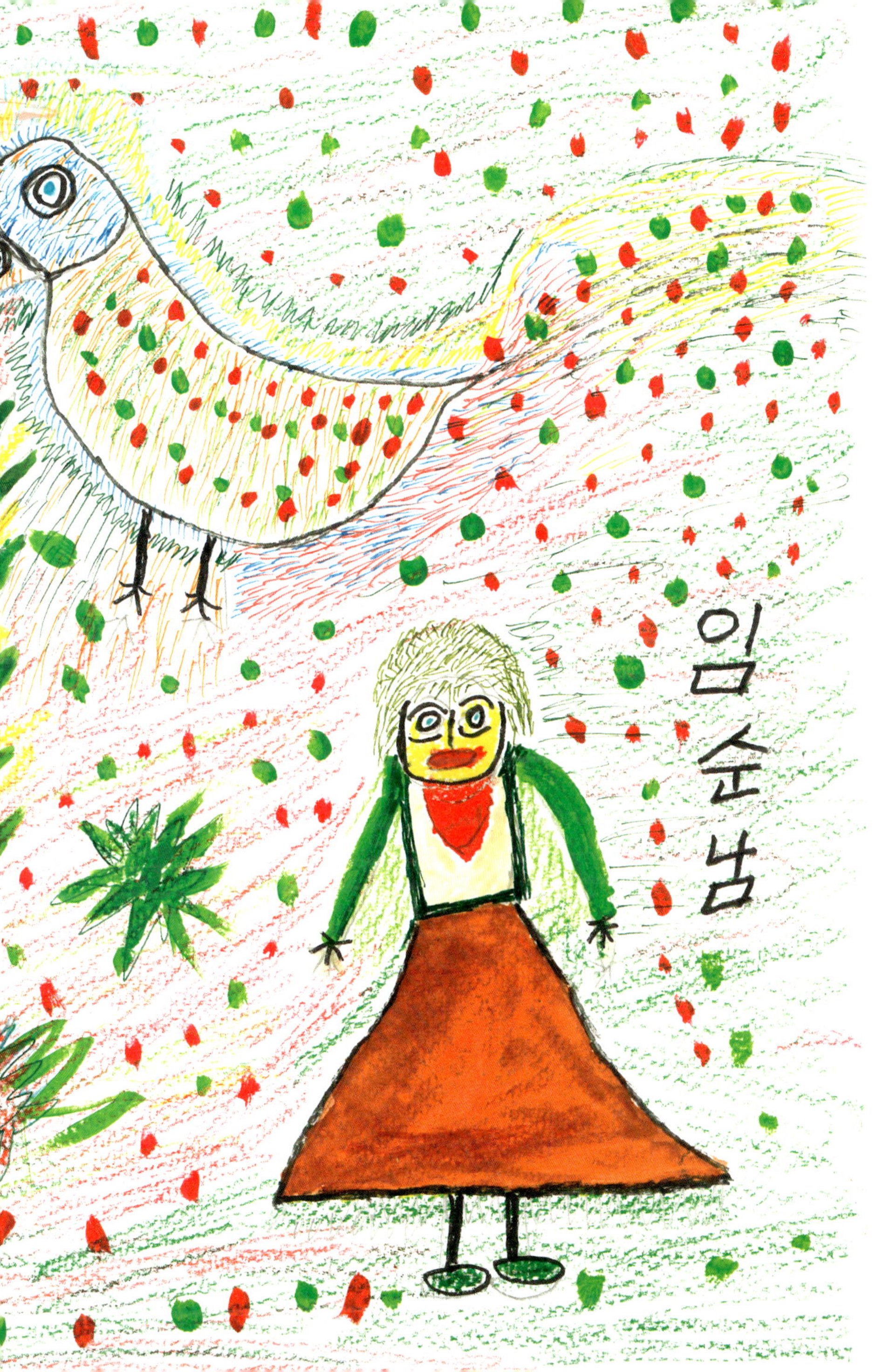

임
순
남

스물아홉 살이 되어도 시집을 안 가니 딸이 미웠다.
방에 누워 있는 꼴도 보기 싫고
동네 사람들 보기도 부끄러웠다.

걱정이 돼서 처녀 점쟁이를 찾아갔다.
점쟁이가 하는 말이
딸은 복이 많아 잘 살 것이니 걱정 말라고 했다.

어릴 때부터 집안일을 많이 도와 주고
밥도 하고 청소도 하고 동생들도 돌봐 주고
기저귀 빨래까지 다 해 주던 착한 딸인데
시집을 빨리 안 가니까 너무 많이 미워했다.

딸이 결혼을 했다.
점쟁이 말처럼 아들딸 낳고 부자로 잘 살고 있다.
나한테도 제일 잘하는 효녀다.

딸아, 정말 미안해!
그리고 고맙고 사랑해!

내 친 구
점 남 아

점남아 잘 있냐?
나는 촌에서 살다 보니 항상 바쁘다.
그래도 언제 만나서 밥 한 끼 먹고 놀자.
보고 싶다.

나이를 먹어 가니까 옛날 생각이 많이 난다.
고무줄놀이 할 때 너하고 편 갈라서 하다
네가 이기면 화가 날 때도 있었지만
그래도 정말 재미있었지.
같이 수도 놓고 나물도 캐러 다니고
참 좋았던 추억이 많아 그때가 그립다.

점남아 요즘 너 귀가 안 좋아졌는지
내 말을 빨리 못 알아듣는 것 같아 걱정이다.
벌써 우리가 그렇게 됐나 생각하니 서글퍼진다.

점남아,
건강에 좋은 것도 많이 챙겨 먹고 운동도 열심히 하고
우리 건강하게 살자.
아프지 말고 잘 있어라.
그리고 꼭 답장해라.

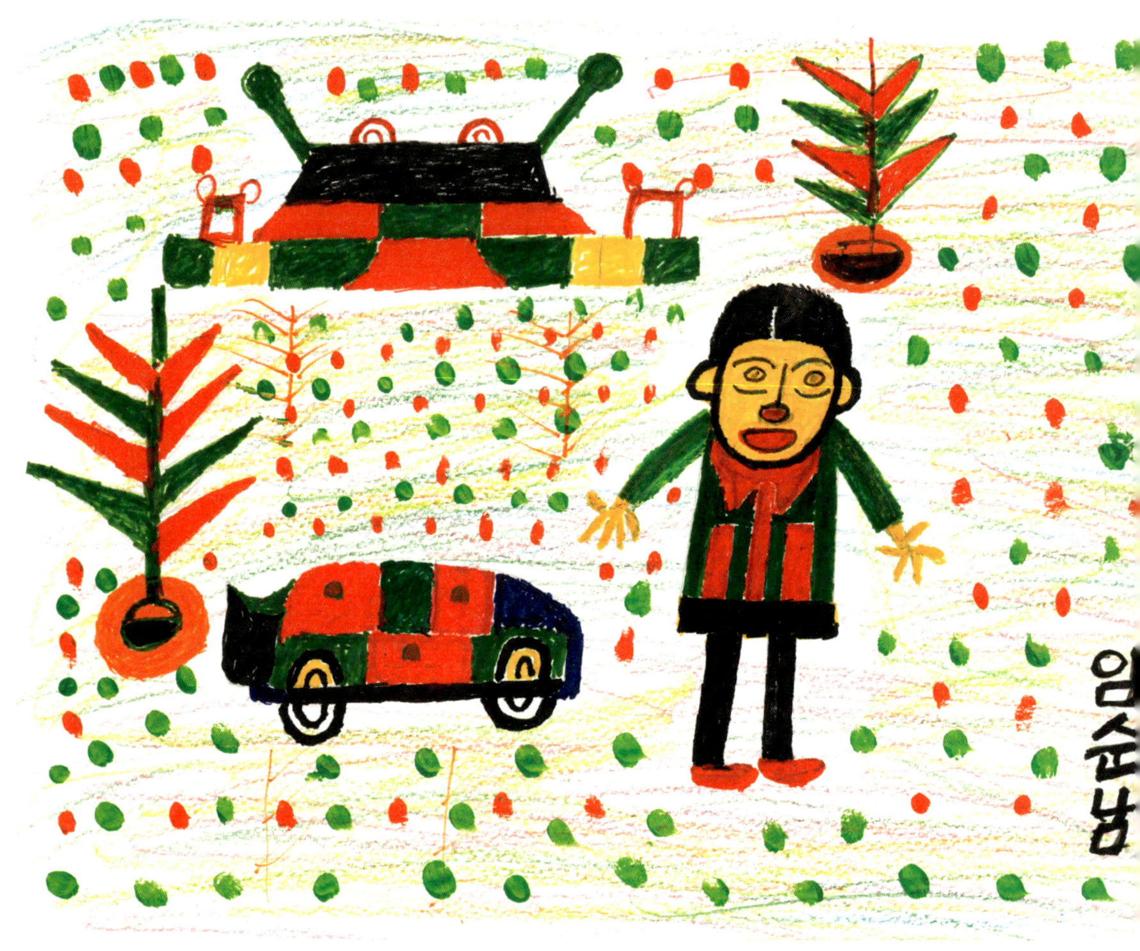

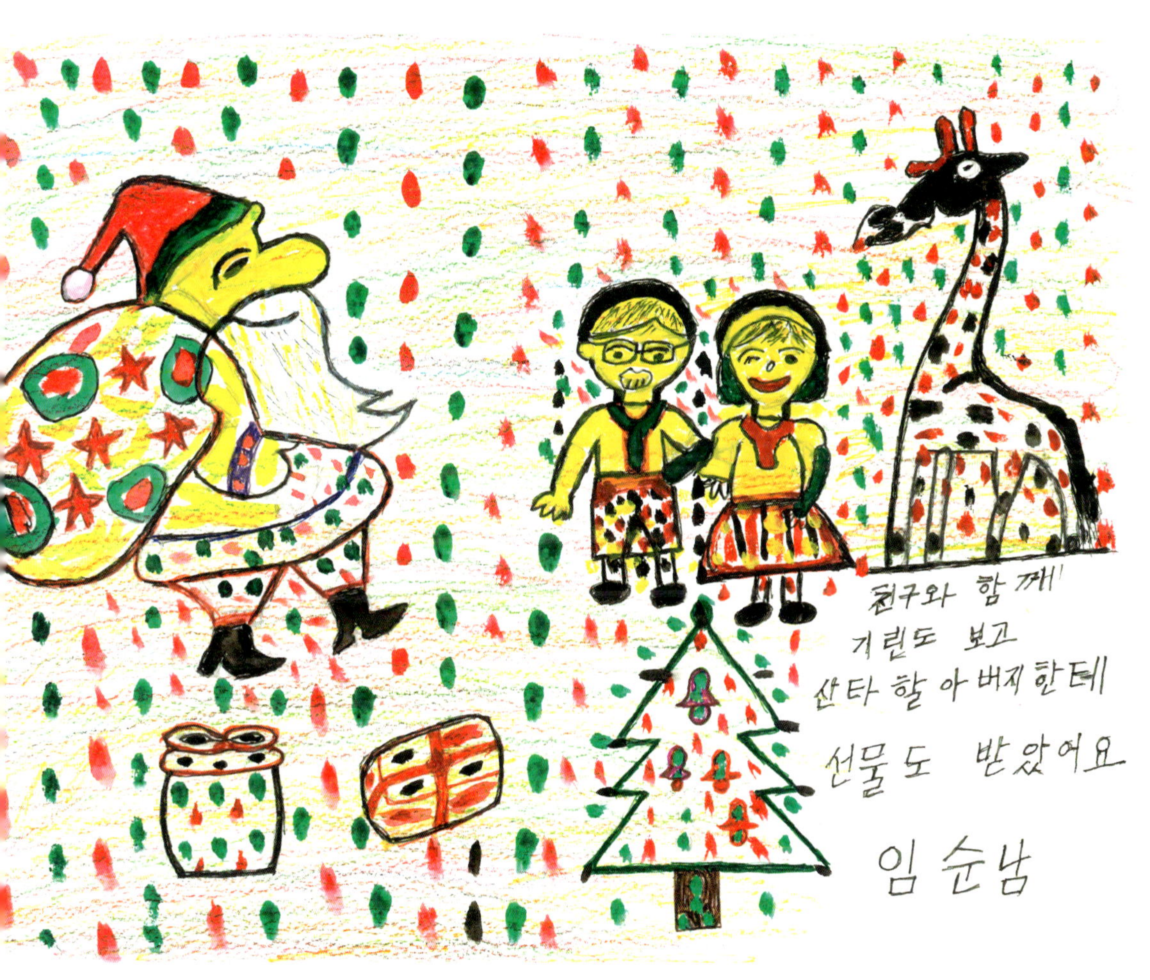
친구와 함께
기린도 보고
산타 할아버지한테
선물도 받았어요
임순남

우리 작가님들,
오래오래 함께해요

〈우리가 글을 몰랐지 인생을 몰랐나〉 출간 이후 우리 할머니들의
삶은 180도 바뀌었다. 한글을 배우러 다니던 동네 할머니들에서
인기 있는 책의 '작가님'들이 되었고 텔레비전에도 여러 번
출연해서 순천은 물론 전국에 알려진 유명 '스타'가 되었다.

그뿐이 아니다. 책을 내고 작가라고 불리다 보니 위축되었던
마음이 자신감으로 바뀌어 어디에서도 꿀리지 않는 당당함을
갖추게 되었다. 북토크에서도 멋지게 이야기를 풀어내고
방송에서도 시원시원하게 말씀을 하시는 모습을 보니 내가 알던
그분들이 맞나 싶었다.

게다가 미국 유명 일러스트레이션 갤러리의 초대를 받아 미국까지
다녀오고, 이탈리아 볼로냐에서 열리는 국제아동도서전에 당당히
부스를 내고 작품을 소개하는 영광도 누렸다.

그런데 아쉽게도 팬데믹이 모든 것을 멈추게 해 버렸다.
작가님들을 만날 수 없었고 수업도 할 수 없었고 해외 초대전
계획도 취소되었다. 원래는 저 멀리 프랑스에서 우리 '작가님'들
작품을 전시할 예정이었다. 만약 팬데믹이 없었다면,
작품을 더 넓은 곳에서 선보였다면 어땠을까?
수많은 사람들에게 감동을 주고 더 멀리멀리 날개를 달고 날아갈
수 있었을 텐데. 아쉬운 마음이 너무 크다. 하지만 인생이란 우리의
뜻대로만 흘러가지 않는 것. 어쩔 수 없는 노릇이다.

팬데믹 상황이 끝나 다시 만났을 때 헤어진 가족을 만난 것처럼
기뻤다. 하지만 예전 같지 않았다. 우리 작가님들은 연세가 있다
보니 기력이 쇠하셨음을 실감할 수밖에 없었다. 다시 이전으로
되돌아 갈 수 없다는 사실이 너무 아쉽다.

살면서 보람된 일 하나 정도는 하고 이 세상을 떠나면 좋겠다는
생각을 한다. 나에게는 아마도 순천의 할머니들을 만나고
그 할머니들이 작가로 성장하는 모습을 보며 나도 함께 자라났던
과정이 그런 일 중에 하나일 테다.

가끔 생각이 난다. 우리 작가님들 모두 잘 계시는지.
가끔 카톡으로 안부를 물어보시던 우리 작가님들.
감사해요.
모두 건강하게 오래오래 함께해요.

김중석 드림. ✹

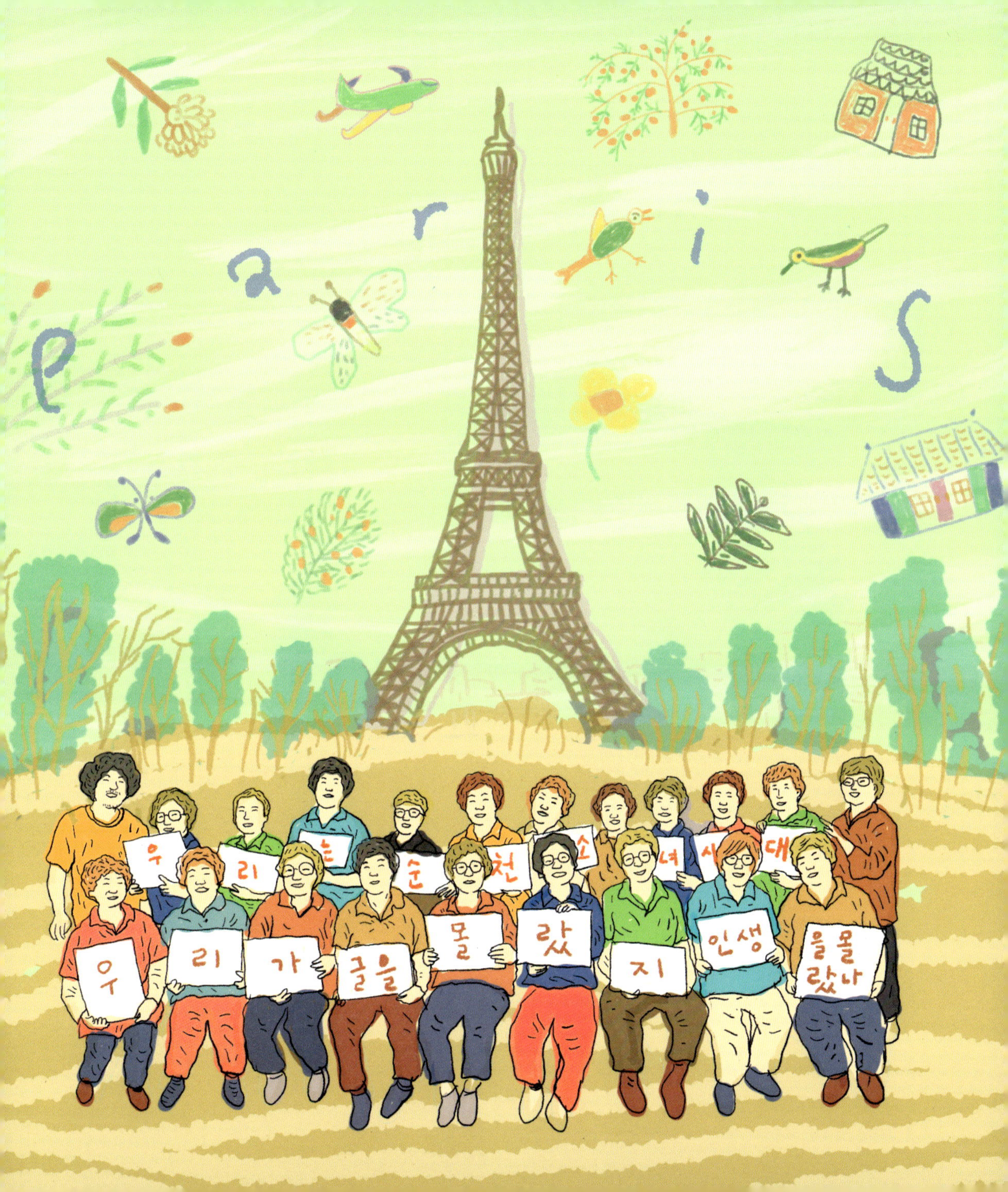

paris
우 리 는 순 천 소 녀 시 대
우 리 가 글 을 몰 랐 지 인생 을몰랐나

도서출판 남해의봄날. 로컬북스 33
이웃한 지역이라도 자세히 들여다보면 서로 다른 자연과 문화, 아름다움을 품고 있습니다.
독특한 개성을 간직한 크고 작은 도시의 매력, 그리고 지역에 애정을 갖고 뿌리내려 살아가는
사람들의 이야기를 남해의봄날이 하나씩 찾아내어 함께 나누겠습니다.

글을 몰라 이제야 전하는 편지
가슴으로 꾹꾹 눌러쓴 순천 할머니들의 그림 편지

초판 1쇄 펴낸날   2025년 5월 8일

지은이   권정자 김명남 김영분 김유례 김정자 나양임 손경애
               송영순 안안심 양순례 임순남 장선자 정오덕 황지심
고마운 분들   김순자 김중석 순천시립그림책도서관
편집인   장혜원객원편집 박소희 천혜란
마케팅   조윤나
디자인   류지혜
종이와 인쇄   미래상상

펴낸이   정은영편집인
펴낸곳   (주)남해의봄날
               경상남도 통영시 봉수로 64-5
               전화 055-646-0512
               팩스 055-646-0513
               이메일 books@nambom.com
               페이스북 /namhaebomnal
               인스타그램 @namhaebomnal
               블로그 blog.naver.com/namhaebomnal

ISBN   979-11-93027-46-2 03810